图书在版编目（CIP）数据

中国十大悲剧故事 / 高海东编. --西安：三秦出版社，2017.9（2018.8重印）

（中华经典国学口袋书 / 徐喜平主编）

ISBN 978-7-5518-1603-8

Ⅰ. ①中… Ⅱ. ①高… Ⅲ. ①悲剧－古代戏曲－文学欣赏－中国 Ⅳ. ①I207.37

中国版本图书馆CIP数据核字（2017）第195440号

出品人 支旭仲
项目策划 匡俊英 白忠平
责　编 杨 珂
封面设计 陈 非
版式设计 高东海
内文排版 白英华

出版发行 陕西新华出版传媒集团 三秦出版社
地　址 西安市北大街147号
电　话 （029）87205121
网　址 http://www.sqcbs.cn

规　格 720mm×910mm 1/32
印张8 彩插8 字数116千字
印　刷 西安新华印务有限公司（独家承印）
版　次 2017年9月第1版 2018年8月第3次印刷
标准书号 ISBN 978-7-5518-1603-8
定　价 18.00元

凡有缺页、倒页、脱页，可与工厂直接调换。电话：029-84273850

出版说明

中华文明源远流长，上下五千年，圣贤相继，英才辈出，他们殚精竭虑、呕心沥血，为后人留下了一部部经典作品。这些“经典”如同金砖玉瓦，构建成了一座金碧辉煌的殿堂，我们称之为“国学”。其内容宏富，博大精深，可谓是中华思想文明的浓缩，中国传统文化的精髓，是先贤遗留下的宝贵精神财富，值得好好传承和大力弘扬。越来越多的人们认识到其价值，读国学、诵经典的热潮正在蓬勃兴起，既有数字阅读的风生水起，更有坚守或者回归传统纸质阅读的蔚然成风。

读纸质书，无疑有着其他阅读方式所无法比拟的独特体验，一册在手，可以边读边做批注、写札记、勾画重点，也可以掩卷深思，细细品读。这种探究式阅读方式，有利于人们学习知识、启迪智慧、提升修养、提高境界，也有利于培养孩子们安静学习、锤炼思想、闻着书香做学问的良好习惯。

为了倡导全民阅读，特别是推进纸质阅读，营造爱书、品书氛围，同时考虑到当下人们的生活日趋丰富多彩且节奏加快，闲暇时间越来越碎片化，读书时间相对减少，我们从浩如烟海的国学经典中精心遴选了80部，并对书的内容作了适度精简，编辑出版了“中华经典国学口袋书”系列丛书，希望吸引更多的人回归传统阅读，重视国学经典。“口袋书”，顾名思义就是可以放在口袋里的书籍，其目的就是为读者奉献易于携带、便于翻阅、开卷有益的精神食粮。使他们于居家出行、茶余饭后，随时信手展读，含英咀华，增知怡情。

本丛书涵盖了经史子集、诗词曲赋、笔记信札、经典名句赏析，可谓贯通古今、包罗万象，能够最大限度满足各层面读者的阅读需求。书中既有对照古籍原文的“白话文”，又有介绍典故出处、时代背景、人物事迹等辅助阅读的“注释”，还配以帮助读者理解和提高的“赏析”。使对国学造诣程度各异的读者都可以做到读通、读懂，真正做到了老少皆宜、雅俗共赏。

这套书不仅在内容上编排严谨、注解精当；在外观上也充分彰显书籍之美，版式新颖，设计考究、印装精美，必定会成为您工作生活中的良师益友，带给您全新的阅读感受。

前　言

在丰富多彩的戏剧作品里，悲剧是最能扣人心弦、催人泪下的剧目。它多以重大的历史事件、严肃的社会问题为题材，向人们讲述一个个不可调和的矛盾，一段段破碎无奈的故事。

我国的古典悲剧涉及爱情、社会、历史等诸方面，爱情悲剧大都演绎了一曲曲凄婉动人的爱情之歌，人们从中可感受到爱情的纯真与诚挚，可看到一对对青年男女为之生为之死的热烈与义无反顾；社会悲剧向人们展示了古代社会中扭曲、不公的社会现象和深刻矛盾，人们从中可看到古代广大劳动人民生活的艰辛与拼命的挣扎，可看到阶级矛盾和民族矛盾的交错揉杂与盘根错节；而历史悲剧则向人们再现了一段段有血有泪的历史故事，人们从中可深刻地了解到宫廷的内部倾轧与对权力的你争我夺，可理解历史的兴衰更替与王朝的分崩离析。

为了帮助广大读者增进对优秀的文学遗产和艺术遗产的了解，我们从元明清杂剧和传奇中选取了十部具有代表性和较高艺术性的悲剧名篇，分别为关汉卿的《窦娥冤》、马致远的《汉宫秋》、纪君祥的《赵氏孤儿》、冯梦龙的《精忠旗》、孔尚任的《桃花扇》、方成培的《雷峰塔》、高明的《琵琶记》、汤显祖的《牡丹亭》、洪升的《长生殿》、孟称舜的《娇红记》等以飨读者。

此次编选过程中，我们省去了十大悲剧的原文，直接将剧本翻译成通俗易懂的白话文，每篇后面还附有赏析，更有利于读者的阅读和鉴赏。除此之外在每篇故事中，还配有相应的图画，图文并茂，相信读者一定会爱不释手。

目 录

窦娥冤

楚州有个穷秀才，叫窦天章，饱读诗书，但时运不济，一直没能考取功名，妻子又不幸病故，撇下一个三岁的女儿端云。窦天章含辛茹苦把小端云拉扯到七岁，借了不少债。富孀蔡婆婆是放高利贷的，窦天章借过她二十两银子，现在本息加起来已经到了四十两，蔡婆婆讨要过好几次，但窦天章实在是无力偿还。蔡婆婆有个儿子，八岁了。

窦天章的女儿端云今年七岁，生得眉清目秀，聪明伶俐，人见人爱。蔡婆婆几次来窦家要债，窦天章都还不上，她见小端云可爱，就动了心思，想让小端云给自己做童养媳，那四十两银子也就不要了，还愿意再给窦天章凑些盘缠让他赴京赶考。窦天章起初不肯送出女儿，可蔡婆婆多次讨债，还托人做媒，窦天章考虑再三，还是答应了，于是他按照选好的日子，把小端云送到了蔡家。

窦天章生怕女儿受委屈，对蔡婆婆说："今天把女儿送给您，不敢说做媳妇，只供婆婆早晚使唤，望婆婆多多照顾。"蔡婆婆望了望端云那可爱的样子，高兴地说："从今天起，你我就是亲家了。这是借钱的凭据，还给你。这十两银子送给你做盘缠，你不用担心，只管

放心去赶考吧。”窦天章心如刀割，他心想：这不是把女儿卖了吗？可又有什么别的办法呢？他望着乖巧的女儿，不住地流泪，只觉得对不住女儿。他再三地拜托蔡婆婆说：“小女生性笨拙，端云该打时，你就看在小生面上骂几句算了；该骂时，你就教导她几句，日后有机会，小生一定报答您。”

端云是个懂事的孩子，看见父亲流泪，好像猜出了父亲要与她分别。窦天章抚摸着孩子说：“端儿呀，从今以后你不比在我身边，爹什么都依顺着你，以后跟着婆婆不可顽皮，要学勤快，听婆婆话，不要惹婆婆生气。”端云抱着父亲的腿哭喊道：“爹，你带我回家吧！你怎么能丢下女儿？”窦天章的心都碎了，他拨开女儿，向蔡婆婆施了一礼，就忍痛匆匆离开了。

窦天章走后，蔡婆婆倒也没有对端云不好，她还很喜欢这个孩子。窦天章一走就是十三年，杳无音信，后来蔡婆婆带着两个孩子搬回山阳老家居住，还给端云改了名，叫窦娥。窦娥到十七岁的时候，蔡婆婆让她和自己的儿子结了婚。小两口婚后你恩我爱，日子过得很美满。可窦娥的丈夫自幼就体弱多病，结婚后两年就病死了，年轻的窦娥成了寡妇，她替丈夫守孝，不知不觉又过去了三年。

窦娥与婆婆相依为命，靠婆婆放贷还能勉强度日。

只是年轻的窦娥经历了太多的不幸，她经常对着花月伤情，暗自流泪。窦娥三岁丧母，七岁离开父亲，十九岁死了丈夫，谁知道这个苦命的孩子还有多少灾难呀？但她很感激婆婆的养育之恩，她决心为丈夫守孝，为婆婆养老，就这样清贫地过下去。

山阳县有个赛卢医，他本姓卢，在楚州县南门外开药铺，自己也开方治病，但他医术很差，为人也不三不四，当地人称他："行医有斟酌，下药依本草，死的医不活，活的医死了。"所以找他看病的人并不多，他也只能靠借债度日。不久前，他借了蔡婆婆十两银子，现在本息已经共二十两了，还没还上。蔡婆婆向他要过好几次，他总是推托，而且还起了歹心。

这天，蔡婆婆亲自到赛卢医的药铺去讨债，进门便问："赛卢医在家吗？"赛卢医知道蔡婆婆是来讨债的，忙陪着笑脸倒茶让座，客客气气地接待，但心里早烦了，恶意从心头升起，便说："银子早给您准备好了，只是一直没顾上给您送去，还在钱庄放着呢。要不，你跟我去取一趟？"蔡婆婆一听赛卢医终于肯还钱了，也就不在乎多走一趟路，于是答应跟他去取钱。

赛卢医带着她来到一个僻静的地方，突然说："蔡婆婆，你看后面谁叫你呢？"蔡婆婆刚一回头，赛卢医从腰间取出一根绳子，一下子套在蔡婆婆脖子上，他用力勒，蔡婆婆拼命挣扎。正在这时，迎面走来两个人，赛卢医见来了人，撒腿逃跑了。

这两个人是一对父子，老的叫张老，年轻的叫张驴，他俩见蔡婆婆还没死，便把她救醒了。蔡婆婆醒后一把鼻涕一把眼泪地告诉他们："我姓蔡，就住在城里。家里只有一个守寡的媳妇。那个赛卢医欠了我二十两银子，我向他讨要多次，他也不还。谁想到他还想害死我？今天多亏两位恩人相救。"那张驴父子也不是正经人，张驴把眼珠子一转对他爹说："爹，你听见了吗？她家有钱，还有个守寡的儿媳妇，不如咱俩讨她俩做老婆，两家并成一家吧。"蔡婆婆一听，赶忙拒绝，说："这可使不得，二位救命之恩，等老妇回家用银两相报，请放过老妇和那可怜的媳妇。"张驴马上露出了凶狠的本色，恶狠狠地说："你要是不同意，那赛卢医的绳子还在，我们还把你勒死算了！"说着，便去捡绳子，蔡婆婆吓得浑身发抖，不知所措，最后说："那你们先跟我回家再说吧。"

张驴父子跟着蔡婆婆到了家门口，先让蔡婆婆进去和媳妇商量，两人在门外等着。窦娥见婆婆回来，忙迎过来，把婆婆扶进里屋，给婆婆端饭，可蔡婆婆再也控制不住，呜呜地哭了起来，窦娥忙问："婆婆，你怎么了，为何这样伤心？是讨债与人家吵架了吗？"蔡婆婆只好把赛卢医如何害她，又被张驴父子相救，张驴父子又威胁她要娶她们娘俩的事说了一遍。

窦娥一听，非常气愤，说："婆婆，这事千万不可答应他们，咱家有吃有喝，媳妇会好好侍奉你，再说你都六十多岁了，怎么能再招丈夫呢！"蔡婆婆抹了一把眼泪说："媳妇说的是对，可他们救了我的命，说如果我不答应，就还用绳子勒死我。还说他俩没老婆，咱俩没丈夫，正是天赐的好姻缘。莫说我，就连你也许给张驴了。我也是实在没有办法呀，他俩现在就在门外等着呢！"窦娥说："婆婆，要招你自己招，我是死也不会招女婿的。"

这时在外面的张驴父子等得不耐烦了，便闯了进来，那张驴见窦娥长得眉清目秀，乐得嘴都咧开了，他嘻皮笑脸地冲窦娥深施一礼，说："拜见娘子！"窦娥一见张驴那副流氓样子，非常厌恶，转过身没有理他，回到自己屋里把门一关。张驴瞪圆了眼睛，骂道："你这个小贱货，还敢跟老子耍硬！"

蔡婆婆生怕再惹事，就赶忙赔礼道："公子不要生气，我这媳妇性子烈，你们可以先住下，日后我再慢慢说服媳妇。"这样，张驴父子就在蔡婆婆家住下了，但窦娥坚决不肯答应与张驴的婚事，而张驴见蔡婆婆与自己父亲已经成了好事，心里就更着急了。蔡婆婆由于在城外受了惊吓，又遇上张驴父子两个无赖的纠缠，终于支撑不住，病倒了。

张驴每天看着窦娥却不能碰，心里直痒痒，蔡婆婆病了以后，他又想出坏点子："如果把婆婆弄死，那窦娥还不就顺从了我？”他这样想着，就去买毒药。

但他想到城里人多眼杂，怕露出马脚，便向城南门外走去。南门外有家药铺，张驴进去便向掌柜的说：“我买副药。”这掌柜的不是别人，正是赛卢医，他见好不容易来了生意，忙问：“您要什么药？”张驴这时已经认出他就是那天用绳子害蔡婆婆的人，便低声说：“我买副毒药。”赛卢医说：“你好大胆，你要毒药干什么？”张驴威胁他道：“你到底卖不卖？”“不卖。”“那你小子睁眼看看我是谁？你要不卖给我，我就把你前几天在野外勒死蔡婆婆的事说出来，让你吃官司！”张驴抓住赛卢医的衣服喊道。赛卢医没办法，只好求饶：“好了，哥哥别喊，我卖给你就是了。”于是包了一包毒药给张驴。张驴走后，赛卢医想，张驴害死人后，要有人追查起来，必定牵连到我，还不如趁早离开这里！于是他连忙收拾行李，逃到涿州去卖老鼠药了。

张驴回来后，窦娥正给婆婆端了一碗羊肚汤，张驴故意拦住窦娥，尝了一口，说：“味道不错，不过少了些盐和醋，你去拿些来。”窦娥去拿盐和醋的时候，张驴偷偷把买来的毒药放进了碗里，又搅了搅，窦娥把汤端到婆婆跟前的时候，张老也过来献殷勤，说他要亲自给婆婆喝。不料婆婆刚要喝却想呕吐，实在喝不下，就对张老说：“我喝不下，你喝了吧。”张老看着香喷喷的羊肚汤没有人喝，就自己仰头喝了下去。可刚一喝下，他就觉得肚子疼，然后一头栽倒在地，七窍出血而死。

蔡婆婆见张老喝了汤就死了，吓得哭了起来。窦娥说：“哭什么？这是他做多了坏事，命里注定遭的报应。”张驴进来见死的是自己的父亲，指着窦娥便骂：“好啊，你竟敢毒死我父亲，我不会与你善罢甘休的！”窦娥理直气壮地说：“药是你自己放的，是你毒死了你亲爹，你还吓唬谁？”张驴面目狰狞，大喊：“说我药死我亲爹，谁信？我一定拉你去见官，窦娥好狠心肠，毒死我父亲了！”张驴又对窦娥说：“如果你不肯去见官，也可以私了。”窦娥问：“私了？那是什么意思？”张驴嘿嘿一笑说：“那就是你做我媳妇，我也就不追究了。”窦娥早知道张驴在打这个算盘，婆婆在一旁吓坏了，说：“儿啊，你就顺从了他吧。”可窦娥才不会屈服，便说：“我又没毒死你父亲，我怕见什么官？我情愿跟你去见官！”这样，张驴就拉着窦娥和蔡婆婆向衙门走去。

楚州太守桃杌是个昏官，他断案定要从中收贿赂，谁给的钱多，谁就能赢。而且想让谁招，就用严刑逼供，用他的话说：“人是贱虫，不打不招。”他见有人来告状，立即升堂。问：“谁是原告，谁是被告？”

张驴忙抢着说：“大人，我是原告，我告这个小媳妇窦娥，她在羊肚汤里放毒害死了我父亲。”桃杌一拍惊堂木，问窦娥：“窦娥，是你干的吗？”窦娥理直气壮地说道：“大人明查。我叫窦娥，这位是我婆婆。我婆婆向赛卢医讨债，赛卢医为了赖账，把我婆婆骗到城外想害死她，碰巧被张驴父子看见，吓跑了赛卢医。张驴父子救了婆婆后，便以此事相威胁，他们爷俩要娶我们婆媳俩，我没有答应。婆婆病了，不知道张驴从哪里弄来的毒药，把毒药放进我做好的羊肚汤里，想害死婆婆，可婆婆没喝，却被他父亲喝了，顷刻毙了命。这里不关我的事，望大人明查。”张驴见她说得清楚明白，怕桃杌真听信了窦娥，赶忙说：“大人，你可别听她胡说，她是个小泼妇，不打不会招的。”说着偷偷向桃杌伸三个手指头，示意要给三十两银子。桃杌一见，心里乐了，吩咐道：“人是贱虫，不打不招，给我拿大棍子打。”几个五大三粗的差人，拿起大棍子便打窦娥。窦娥身子单薄，哪经得住这个？她被打得昏死三次，每次都用水喷醒，但她死也不肯招认。窦娥一眼望见可怜的婆婆，心想，我这样被他们打死了，婆婆一个人会难过，我先留下这条命，还能给婆婆点念想，于是说：“我招了，是我药死张老的。”

桃杌见窦娥招供了，便让她画押。婆婆上前扶住被打得遍体鳞伤的窦娥哭着说：“孩子呀，都是我害的你呀，是我送了你的性命。”窦娥当时就被押入大牢，可第二天就有差人来叫窦娥，说到了她斩首的日子了。窦娥没想到这么快就要把她处死，其实这是张驴又在背后给桃杌贿赂了。

窦娥披头散发，带着枷锁，由两个官差押往刑场。平白无故却遭杀头，窦娥此刻满腹的冤屈，却不知道向谁申诉？她忍不住诅咒上天：“天啊，你有太阳和月亮，日夜照着大地；你有鬼神掌握着人的生死，可你怎么也欺软怕硬、颠倒黑白？你为什么让善良的人贫穷命短，却让作恶的人享受富贵？地啊，你不分好歹凭什么为地？天啊，你错判贤愚白做了老天！”

窦娥越来越激动，不住地骂着，惊天动地，在路旁围观的百姓，无不为她落泪。两官差对她喝道：“快走，不要耽误了时辰！”窦娥向官差提出请求说，要从后街上走，官差问她：“你为什么偏偏要走后街呢？你要有什么亲眷，可以叫他们来这里见你一面。”窦娥说：“我没什么亲眷，只有一个婆婆，我从前街走，怕被我那可怜的婆婆看见。”官差说：“你连性命都顾不得了，还顾什么婆婆？”窦娥说：“婆婆身体不好，若见到我现在这个样子去法场，一定非常难过，会气坏身子的。”官差见她自己命都保不住了还有如此孝心，不觉也同情她，就带着她从后街绕着走。

正走着，只见蔡婆婆哭喊着跑了过来，扑倒在窦娥面前：“儿呀，我的好媳妇，可心疼死我了！”窦娥说：“婆婆不要太难过，那张驴本是想在羊肚汤里放毒毒死你，再霸占我，他没能得逞，想不到自作自受，害死了自己的亲爹。我怕婆婆受牵连，所以就招供了。今天我要赴法场了，婆婆，看在你死去的儿子面上，逢年过节，有吃剩的粥，倒半碗给我，有烧剩的纸钱，给我烧一点，我就心满意足了。”蔡婆婆听得心如刀割，泪如雨下，哭着向窦娥不住地点头：“孩儿放心吧，我记住了。”

到了法场，快要行刑的时候，刽子手把窦娥的枷锁打开，让她跪下受刑。窦娥说："大人，我有一事相求，若依了我，我死而无怨。"监斩官问她："你有什么事？"窦娥平静地说道："要一领干净的席子，我站在上面受刑；再要一丈二的白绢，挂在旗杆上。如果我窦娥确实有冤枉，那刀起头落，我的一腔热血会全部飞到白绢上，半点也不会落在地上！"监斩官说："这个不难，就依了你吧。"窦娥又说："如今是三伏天气，如果我窦娥真的冤枉，死后会天降三尺瑞雪，为我掩盖尸首！"监斩官听了觉得很可笑，说："这是不可能的，你再有冤屈，老天也不会在三伏天下雪的！"窦娥又说："大人，如果我窦娥确实冤枉，我死后，这楚州将大旱三年。"监斩官一听，斥道："打嘴，越说越不像话了。"监斩官嫌她啰唆，便催促刽子手准备行刑。

剑子手举刀砍下窦娥的头，只见那一腔热血全部都飞到了白绢上，把在场的人都吓呆了。不一会儿，鹅毛大雪，铺天盖地，下了足有三尺厚，把窦娥的尸首遮盖得严严实实。监斩官一见吓得脸都白了，说："想必这桩案子真有冤情，这前两桩誓愿都已经应验了，不知这三年大旱会不会也真的应验。"说着，一伙人都仓皇跑开了，生怕窦娥的冤魂再找到他们。

窦娥死后，楚州果然大旱三年，地都干得裂了缝，寸草不生。

再说窦天章自把小端云交给蔡婆婆，进京赶考，一举及第，皇上封他为参知政事。他做官以后，曾多次寻访女儿端云的下落，可因为蔡婆婆已经搬家，又给端云改了名字，就一直没有打听到女儿的下落。他为官清廉，很受朝廷赏识，多次派他到地方督查官吏办案。这次楚州大旱已惊动了朝廷，正好派窦天章下去了解民情并检查楚州案历卷宗。

窦天章到了楚州，见到民不潦生的惨景，他当晚就在灯下查阅案卷。只见头一个卷宗写道："犯人窦娥，用毒药药死公公……"窦天章想，这犯人竟是与自己同姓，药死公公，是十恶不赦的大罪，理应处死。于是把这卷宗放到底下，看下一卷。看着看着他就困了，不觉伏在案上睡着。迷迷糊糊中，窦天章好像在梦中看到了女儿端云，可他刚要和女儿说话，女儿又不见了。他揉了揉眼，起来接着看，可上面写的还是："犯人窦娥，用毒药药死公公……"他很奇怪，明明是把这卷放到了最底下，怎么又到上面来了？他很生气，但不知是否自己搞错了，于是又把这卷宗放到最底下，接着看下面的。可刚要看，来了一阵风，灯焰摇摇晃晃，差点熄灭，他挑了挑灯芯，又低下头看，只见上面又是"犯人窦娥，用毒药药死公公……"窦天章想，天下竟有如此奇怪的事？我明明记得把这卷宗压到了最底下，可两次都自已跑到上面来，想必是这桩案子有冤情。他正思量着，只见屋里出现了一个女子，跪地说："爹爹，请受女儿窦娥一拜。"窦天章说："我的女儿名叫端云，不是你。"那女子说："爹爹把女儿给了蔡婆婆，婆婆给女儿改名窦娥了。"窦天章突然想到那个奇怪的卷宗上写的是窦娥，便说："你真的是端云吗？那这案子上的窦娥，是不是你？""正是女儿。"窦天章一听，气得火冒三丈，说："你这个不争气的孩子！我为了寻你，十几年来，我想得心都碎了，头也白了，你竟犯下这种十恶不赦的大罪，你把我家祖宗的清白都给辱没了，还有脸来见我？"

窦娥便把与父亲分别后，十七岁成亲，十九岁丧夫，蔡婆婆讨债遇害，又逢张驴父子逼婚，张驴毒死亲爹，又嫁祸窦娥，楚州县令错判，窦娥蒙冤而死的经过详细地向父亲说了一遍。窦天章听得心惊胆战，气愤难当，又为女儿的冤屈感到万分悲痛，他不禁失声痛哭。门外的官吏，听到声音，忙进来推醒他，原来他做了一场梦。但他觉得这个案子蹊跷，里面肯定有隐情，于是连夜细细审阅了女儿的案卷。

第二天一早，窦天章便升堂审这个案子，命人把张驴、赛卢医、蔡婆婆都找来。他问张驴："张驴，三年前药死你爹的是谁？"

"是窦娥。"

"窦娥一个女子，她平日出不得门，怎么配得毒药？

我问你，这药是谁配的？”

“是窦娥自己配的。”

“放肆！这种毒药只有药铺才有，窦娥一个不出门的女子怎么去药铺？莫不是你自己去买的？”

“大人，我怎能去弄药害死自己的亲爹呢？”

这时，窦天章问赛卢医：“赛卢医，你说，这毒药是不是你配的，从实招来，免你一死！”

赛卢医一见，知道躲不过了，便招认说，毒药是自己卖给张驴的。

窦天章问：“你明知毒药是用来害人的，为医当救百姓，为何卖给他这种药，让他做坏事？”

赛卢医道：“小人借过蔡婆婆二十两银子，还不上。小人生过歹意，想用绳子勒死蔡婆婆，可没勒死她，被张驴父子救了。后来张驴来我这里买毒药，说如果我不卖给他，就拉我去见官，小人害怕，就卖给他了。”

窦天章一拍惊堂木：“张驴，现在你还想抵赖吗？”

张驴吓得瘫在地上，他只好低头认罪，招了自己作恶的经过。

窦天章立即判决：张驴谋杀亲爹，逼占寡妇，砍头处死。赛卢医赖账，还想杀人，又卖毒药以致杀人案发生，发配充军。前任太守桃杌徇私枉法，办案不清，杖责一百，永不任用。蔡婆婆年迈体弱，对窦娥有养育之恩，由窦天章收养。窦娥冤情昭雪，除去所有罪名，还以清白。

案子审完后，窦天章似乎听到女儿的声音："爹爹，自古有言，'八字衙门朝南开，其中无人不冤哉！'像我这样屈死的弱女子，太多了！父亲做官一定要清正廉明，为民除害，儿就死也瞑目了。"窦天章望着天空，深深地点头，两行老泪，无比辛酸！

后来窦天章为百姓平反了许多冤案，成了一位朝廷赞赏、百姓爱戴的清官。

【赏析】

关汉卿，生卒年不详，号已斋叟，大都（今北京）人，元代前期的戏曲作家。关汉卿"高才风流"，《析津志》上记载他："生而倜傥，博学能文，滑稽多智，蕴藉风流，为一时之冠。"他与杨显之、梁进之是莫逆之交，与白朴、马致远、郑光祖合称为"元曲四大家"。关汉卿是个全面的戏曲作家，一生创作极为丰富，不管是喜剧、悲剧，还是正剧，都有很大的成就，所作剧本达六十多种，现存十八种，其中《窦娥冤》《救风尘》《望江亭》《拜月亭》《单刀会》等剧本流传十分广泛。他的作品反映生活广阔而深刻，取材于现实，或借助历史故事，揭露元代黑暗、混乱的社会现实，揭示了统治者与人民之间的矛盾，成功地塑造了各色各样的人物形象，在剧坛中占有特别

关汉卿

的地位。关汉卿的戏剧创作在中国戏曲历史上和中国文化史上都有很高的地位和深远的影响。

《窦娥冤》是一部千古悲剧，写年轻的童养媳窦娥被恶人张驴诬告，害死人命，受冤狱身死的故事。楚州秀才窦天章，连年应考不第，欠下高利贷无力偿还，无奈将女儿端云抵押给债主蔡婆婆做童养媳，之后他自己又进京赶考。而小端云进入蔡家，改名窦娥，十七岁时与蔡婆婆的儿子成了亲，不到两年丈夫病死，窦娥与婆婆相依为命。蔡婆婆早几年就带着儿子、媳妇搬离楚州，回到老家山阳县，靠着丈夫生前留下的家产，仍做高利贷生意。当地有一个江湖野医赛卢医借了蔡婆婆十两银子，后来翻成二十两，他还不起遂生恶念，将蔡婆婆骗到偏僻处，想用绳子把蔡婆婆勒死。正在行凶时，一对父子在此路过，将蔡婆婆救下，赛卢医吓得跑掉了。蔡婆婆感谢恩人，糊里糊涂地把家里的情况都说出来，那对父子一个是老不正经，一个是泼皮无赖，听说蔡婆婆家没有男人，只有一个年轻守寡的儿媳妇，便起了歹念。儿子张驴与他爹商量各自娶蔡婆婆婆媳俩为妻。蔡婆婆不答应，他们俩以要杀死蔡婆婆相威胁。蔡婆婆无奈，领这对恶父子回了家，窦娥听婆婆要把自己嫁给张驴，她坚决不肯。张驴几次调戏窦娥不能得手，打算害死蔡婆婆，逼迫窦娥顺从。恰逢蔡婆婆病倒，张驴从赛卢医那儿强买来毒

药，放进窦娥给婆婆煮的羊肚汤里。但没想到蔡婆婆没喝，倒让张驴的父亲喝了，结果张驴作恶毒死了自己的亲爹，他反咬一口，把脏水泼到窦娥身上，硬说是窦娥下的毒，以此逼窦娥就范。窦娥仍是坚决不从，双方对簿公堂，太守收了张驴的贿赂，将窦娥屈打成招，并判处死刑。窦娥怀着天大的冤屈上了刑场，她死前发下三个誓愿，死后一一应验，血上白练、六月飞雪、楚州大旱，这出奇誓愿的应验证明了窦娥的清白。后来窦天章回到楚州查案，他上京应考后一举及第，寻访女儿端云多年没有下落，在此处查阅卷宗时，发现窦娥的冤屈，方知窦娥就是自己的女儿，窦天章审清案情，让真凶张驴伏法，窦娥冤情得以昭雪。

窦娥是封建社会被压迫妇女的典型，她几乎承载了一个女性所能承受的所有苦难。窦娥三岁丧母，七岁失父，成亲两年后又丧夫。她身上背负着太多的不幸：为了父亲上京赶考，她入蔡家做童养媳；为了给丈夫守节，她坚定终生不再嫁；为了报答婆婆的养育之恩，她搭上自己的性命。窦娥把自己的善良奉献给人世，而丑陋的现实却糟踏了她的善良。她在政治上被压迫，在思想上被奴役，在人格上被侮辱，这重重的压迫也让她逐渐认清社会现实，从自我哀怨到与恶势力展开正面冲突，从幻想官吏公正清明到明白官府欺诈黑暗，从相信天地到对天地产生怀疑，最终对天地提出尖锐的指责。一个信守礼教、信奉天地的女子最后竟叫骂指责天枉为天、地枉为地，若不是有深重的苦难冤屈，怎会有如此声声控诉？窦娥从自身的悲剧上是有所警醒、有所认识的，她也是要奋起反抗的，但在当时黑暗社会的罗网下，她的反抗又是那样的无力。一个昏官收下几十两银子就可以买下她的人命，她除了叫骂天地，又能到哪里去申冤？叫天天不应，叫地地不灵，天地只能在她死后应验她的誓愿，却不能在她生前挽救她的性命。在黑暗的世道下，天地都不再清明，她有什么理由再信奉老天？

窦娥是苦难深重的平民妇女，她是刚烈的、坚贞的，然而毒害她的除了恶徒、昏官，还有封建思想。她信命运，重节孝，即使没有张驴的逼婚、陷害，她也是度过悲苦的寡居一生。她守节未必出于爱情，而是“一女不嫁二夫”的烈妇思想。在这种思想的支配下，她情愿把自己大好的青春埋葬，也情愿以死来成全自己的节操。正是她这种坚守贞洁的思想刚烈坚定，最终让她身受残害、杀戮。这是窦娥自身的悲剧，是封建社会男尊女卑的腐朽思想演变后给妇女套上的枷锁。

《窦娥冤》通过窦娥的悲剧，对元代社会的政治、伦理、社会风尚等进行了深刻的揭露和批判，影射了社会各个丑陋的角落，善良软弱的蔡婆婆却心安理得地以放高利贷为生，安分守己的窦娥无辜遭杀戮，满腹诗书的秀才窦天章靠卖女儿得进京盘缠，胆小怕事的赛卢医为了二十两银子就起歹意杀人，这些都反映了残酷的社会使人们的心理和本性都变得扭曲，现实极度不合理暗示着元王朝的没落。一部《窦娥冤》凝聚了作者对挣扎在死亡线上的下层劳动人民悲惨命运的同情，表现了他对残酷吏制下糊涂官吏偏听诬告、严刑逼供，以致冤狱遍地、民不聊生等罪恶行径的强烈愤慨和批判，从而深刻揭示了窦娥屈死悲剧的社会必然性和普遍性，使这出悲剧具有了广泛的社会历史意义和重要思想价值。

《窦娥冤》剧中带有神话色彩，窦娥的誓愿实现，以及窦天章能为女儿昭雪，都冥冥中有一种潜在神力的帮助，这是作者的无奈，也更显示了他对现实的失望。冤情得以昭雪，使人们的心理得到补偿，然而只有借助神灵才能将乾坤扭转，这也是更深层的悲剧所在。

汉宫秋

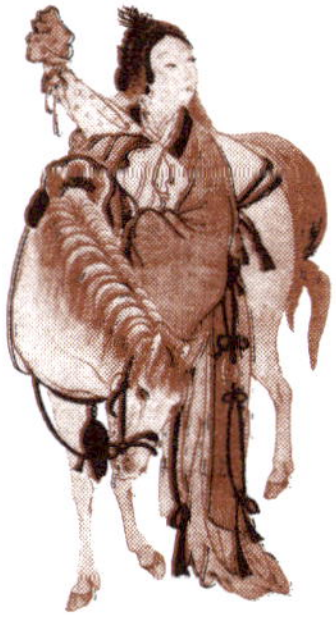

匈奴是一个长期盘踞在中国北方的少数民族。他们兵强马壮，以射猎为生，以攻掠为业，经常侵扰中原边境，一直以来是汉族政权的巨大威胁。周文王时曾经为了躲避匈奴而东迁。春秋时，晋国曾派魏绛与匈奴讲和。到了秦末战乱时期，中原战火纷飞，匈奴趁机扩大自己的势力范围，东征西讨，收复了许多草原上的部落，武力空前强大。汉朝初年，高祖刘邦出巡白登，被匈奴的冒顿单于围困了七天七夜，最后，借娄敬的计策才得以脱险，两国从此定下盟约。此后汉宗室要将汉朝公主嫁到匈奴，以示汉匈和好。汉宣帝时，匈奴各个部落为争夺统治政权而内乱不断，国力有所削弱，和亲政策就未实施。到汉元帝时，匈奴各部落拥立呼韩邪单于为首领，匈奴国势又日益强盛起来。呼韩邪单于拥兵十万，南移近塞，向汉朝称藩，求娶公主。

大汉江山自汉高祖刘邦开国以来，传到汉元帝手中已是第八代了。汉元帝继位以来，自以为四海升平，八方安宁，朝廷有贤臣辅佐，江山牢固，他可以高枕无忧，安享太平，于是整日里无所事事。一日，他走在皇宫内苑，觉得宫中甚是寂寥。自从宣帝逝世后，皇宫里的宫女大都放出宫去了，后宫十分萧条，这种寂寥的气氛使他十分不快。

朝廷中有一个名叫毛延寿的大臣，此人心狠手辣、欺大压小，是一个谄佞奸贪、巧取豪夺的小人。只因他懂得察言观色，揣摩上意，十分讨元帝喜欢，很快从一个小小的画师擢升为中大夫。朝廷内外，人人都有些害怕他。这日，他见汉元帝神情落寞，就趁机献媚道："陛下，不知陛下为何事烦心？让小人为陛下分忧解劳！"汉元帝将心中不快告诉了他。毛延寿立刻献策道："陛下，就是一个农夫粮食收成好一些，还想另娶一个妻子。更何况陛下贵为天子，富有四海，选一些美女来充实后宫又有何难！陛下只需下一道圣旨，无论王侯将相，还是贫民百姓，家中只要有十五岁以上、二十岁以下的女子，容貌端庄，就都选进宫来侍奉陛下。"

汉元帝一听，正中下怀，心中十分欢喜，连连点头道："爱卿言之有理，寡人就命你为选美使臣，负责操办此事，将选中的美人各画一幅画像，呈寡人御览。事成之后，有升赏。"

毛延寿听后，连忙谢恩，心中窃喜，思量道："这可是一桩'肥差'呀！发财的机会来了。"不几天，毛延寿就兴高采烈地手持圣旨去各地挑选美女了。正如他所料，有些富裕的官宦利欲熏心，一心想让自己的女儿入宫，

【千秋绝艳图】卷 局部 ［明］佚名 中国历史博物院藏

【千秋绝艳图】卷 局部 [明] 佚名 中国历史博物馆藏 75-1

得到皇上的宠幸，全家就可以坐享荣华富贵，所以就不惜重金贿赂这位选美大使，成全他的所求；另一方面，也有一些人家，不愿把女儿送到那不见天日的深宫后庭之中，还是要向毛延寿求情送礼，恳请他高抬贵手放他们一马。那毛延寿本是个贪得无厌的小人，这次大权在握，狠狠地捞了一把，而且将全国搞得人心惶惶，百姓怨声载道。

没过多久，毛延寿就选够了九十九名美女。翌日，他来到湖北秭归县，看中了一名女子。这女子名叫王嫱，字昭君，是王长者的女儿，生得光彩照人，美艳绝伦，真是一位绝色佳人。昭君比其他入选的女子要漂亮百倍，可是这些日子，毛延寿的贪欲已经深入骨髓，他向王家索要一百两黄金，否则的话，就不让王昭君入选。王家是农户人家，本来就没有什么钱财，加上毛延寿气焰嚣张，王昭君就拒绝了他的无理要求。

毛延寿奉旨征选来到全国各地，每到一处，大小官员、百姓都对他毕恭毕敬，言听计从。可是今日王昭君却如此不识抬举，令他十分恼火，本想让其落选，又觉得如此倒便宜了她。毛延寿眉头一皱，想出一条毒计：不如先将王昭君送进宫，然后再在她的画像上做些手脚，让她终生不见君王面，一辈子老死于后宫之中。

次日，毛延寿带着王昭君以及其他美人进京复差，紧接着毛延寿为众美人画像，拿人钱财，与人消灾。他将受了贿赂的美女画得漂亮一些。画到王昭君这里，他先依照王昭君的模样画好，然后再把眼睛点上瑕疵，这样王昭君的一双秋波就被画成了一对斜眼。这样的画像呈上去，王昭君怎么会有机会得到皇上的宠幸呢？

过了几日，汉元帝下了早朝，毛延寿把画好的美人图呈给汉元帝御览。汉元帝拿起画像，依次浏览，朱笔钦点，把自己中意的封为后妃，其余的暂为宫女充斥后宫。汉元帝平日里就与后宫的嫔妃嬉闹，留恋众多温柔乡中，可是按图临幸时间久了，他觉得无趣。这日，汉元帝处理完政事，闲来无事，想四处走动走动，心想：毛延寿选来的美女大多数还没有亲眼见过，今日我就去亲自瞧瞧，看看有没有什么惊奇的际遇。心念至此，他便带着随从打着灯笼，悄悄地信步宫中，四下里巡视一番。

再说王昭君，自从画像被毛延寿点破就被打入冷宫，长居在永巷之中，平日里连说话的人都没有。宫中岁月寂寞难耐，她入宫已经有十年之久，却一直无缘侍奉君王。这夜一轮皎月当空，月光洒在昭君窗前，她又在思念亲人，随手拿起琵琶弹奏，以此来抒发自己心中的愁绪。元帝来到一个月映绿沙、风动竹影的院落门前，忽然一阵悦耳流畅的琵琶声吸引住了他。他驻足倾听，琵琶声中包含着哀愁凄婉，元帝向随从问道：“是谁弹琴？”随从赶忙道：“待小人前去传她来接驾。”元帝却说：“慢着，不要惊扰了她！”随从向院内问道：“是谁在这里弹琴？皇上驾临，还不赶快出来迎接圣驾！”

听到皇上来了，王昭君又惊又喜，急忙放下琵琶，疾步上前，跪在地上参拜元帝。“不知皇上驾临，臣妾接驾来迟，望陛下恕罪！”昭君轻声回答道。元帝听她的声音清脆悦耳，犹如珍珠洒落玉盘，昭君的身影在月光笼罩下越发显得秀美。皇上看得心里一动，口中道：“寡人恕你无罪，你不用害怕，你是哪个宫里的？”又命随从把灯照在昭君脸上，让王昭君抬起头来，他要仔细看看王昭君的容颜，昭君羞涩地微抬花容。

元帝仔细一看，惊叹不已，只见昭君容貌端庄，臻首娥眉，巧笑倩兮，美目盼兮，额角香钿贴翠花，一笑犹有倾国倾城之貌，比那吴越的西施不差分毫。

元帝大为惊喜，没想到宫中竟有这样一位美丽大方的女子，绝色明艳，又不失礼数，实在叫人欢喜。他笑问道：“你这样模样出众，是谁家的女儿？”

王昭君听到汉元帝没有怪罪自己，这才放下心来，低声回答道：“妾身姓王，名嫱，小字昭君，湖北秭归县人氏。父亲是工长者，以农事为业。臣妾是乡间平民人家，不懂得皇室礼节，还望陛下恕罪。”

元帝一面听她的回话，一面仔细端详昭君，见她眉如青黛，鬓如雉鸦，腰似细柳，面若舒霞，真是沉鱼落雁，闭月羞花。元帝越看心

里越欢喜，半开玩笑地说：“像你这般美貌的女子，怎么会生在农家？这也是天赐良缘，让你千里迢迢来宫中与寡人相会！”话说到这儿，汉元帝觉得奇怪，这样绝色的女子，我以前怎么没有在美人图里见过？这王昭君进宫已十年之久，也没见毛延寿向我提及过她。他不禁问道：“寡人看你体态轻盈，容貌秀美，怎么一直没有得到寡人的宠幸？”昭君回答道：“回陛下，当初选妾进宫时，使臣毛延寿向我索要黄金百两，妾身家贫无钱送他，他便在臣妾画像上做了手脚，因此我才被打入冷宫。”

汉元帝听后非常生气，立刻命随从把昭君的画像取来，仔细一看，果然昭君的明眸被画得一大一小。汉元帝大怒，立即传旨将毛延寿抓来斩首。昭君见此情景，便趁机说：“陛下，妾身父母年事已高，现在还在湖北务农。妾身不能承欢膝下，望陛下稍加恩典，免除他们的劳役之苦，给他们一点小小的恩惠吧！”

“这个自然，都是那祸害毛延寿让你受了这么多年的苦，从今往后你就是寡人的爱妃，朕即刻封你为明妃，你的父母当然不能再像从前那样早晨挑菜，夜里看瓜，春天种谷，夏天浇麻。朕免了他们的劳役，减了他们的赋税，从此有享不尽的荣华富贵。”

王昭君连忙叩首谢恩，惊声说：“妾身何德何能，怎么能受得起陛下这样的恩宠？”汉元帝一把将她拉起说道：“承当得起，承当得起！”说着就拥着她向寝宫走去。元帝次日早朝临走时说，晚上还来临幸，又嘱咐她不要声张，免得六宫中的嫔妃都学昭君那样弹琵琶了。

汉元帝派人去捉拿毛延寿，不料他早已闻讯逃之夭夭了。毛延寿听说王昭君在汉元帝面前揭发自己的丑行，元帝大怒要砍他的头，早已吓破了胆，汉朝大概没有他的容身之处了。恨小非君子，无毒不丈夫，毛延寿当下心一横，直奔番邦而去。

不久前，匈奴的首领呼韩邪单于依照和亲政策，派使臣去汉朝求娶公主，汉元帝以公主年幼为由，拒绝了他的要求。呼韩邪单于十分气恼，准备积蓄力量，伺机南侵。

毛延寿一路疾驰，不日就来到呼韩邪单于的驻地，他求见单于，番兵带他走进大帐。呼韩邪单于睨视着他问道："你是什么人？来这里做什么？"毛延寿说自己是汉朝的大臣，特地来向大王进献美女图。他双手捧上王昭君的画像，对单于说："大王不是前些天派遣使臣向汉朝求娶公主吗？这图中的女子名叫王昭君，她自己愿意前来嫁给大王，可是汉元帝舍不得，不肯放她前来。我再三苦劝不能因为重女色而失去两国交好，怎料汉元帝不但听不进我的话，还要杀我，因此我就带了这幅美人图来献给大王，大王可以再派使者按照此图前去索要。"

呼韩邪单于的左右接过画像展开，单于一瞧，眼前一亮，不禁惊叹："世间竟有如此美貌的女子！如果我能娶到她做我的阏氏，平生所愿足矣。"于是即刻派遣了一名番使，前往汉朝求娶王昭君。呼韩邪单于打算如果汉朝再不应许，他就用武力进犯汉朝边境，使臣出发后，他自己也率领大队人马，以打猎为名，进入塞内，威胁汉室江山。

自从汉元帝得到了王昭君，真是如鱼得水，好似久旱逢甘霖，整日里与昭君嬉闹玩耍，不知不觉已过了一个多月。汉元帝觉得昭君样样都可爱，昭君与他志趣相投，可以为他消愁解忧，陪他闲游，与他游戏，体态风流，性情温柔，这段姻缘似乎是五百年前就注定的。朝政已经荒废了很久，汉元帝对边境的动静一无所知，还以为江山稳固，可以高枕无忧。这天是临朝的日子，坐在大殿上，汉元帝的心早已飞到了昭君的西宫，好不容易等到下朝，他便迫不及待地向西宫奔去。

这天晚饭后，汉元帝悄悄来到西宫，躲在梳妆台边，静静地看王昭君梳妆，却被王昭君看到，昭君急忙起身见驾。正当这时，一个小太监突然通报尚书令五鹿充宗、内常侍石显有急事禀报陛下。元帝兴致被打断，心中十分不快，冷冷地朝来人道："有什么事非要现在禀报，不能等到明天早朝吗？"两人急忙跪倒启奏道："启奏陛下，现今北番呼韩邪单于派了使臣前来，说毛延寿将昭君娘娘的美人图献给了他。如今单于指明要昭君娘娘前去和亲，不然的话，他要带领大军南侵，我大汉江山就难保了。陛下，这可怎么办呢？"

元帝听完他们的话，一时恼怒成羞，拍案道："我养兵千日，用兵一时，满朝文武，难道都是些畏惧刀剑的，没有哪一个能退得了番兵？你们拿着朝廷的俸禄，却不能为朕分忧解劳。太平时节，个个卖弄自己的功劳；国家有难，个个都缩了脑袋，却让一个弱女子去和番。”

两人被骂得狗血喷头，一声不吭，大气都不敢出，待到元帝骂完，尚书令五鹿充宗才呐呐地说：“陛下息怒，奴才罪该万死，只是番国说陛下宠爱昭君娘娘，不理国事，耽误了民生大计。如果不把娘娘嫁到番邦，他们就要起兵讨伐。臣想纣王只因为宠爱妲己，弄得身死国破，这也是先代帝王的一个教训，望陛下三思。”

元帝一听这话，更是火冒三丈：“大胆！你这是什么话？将我比作纣王那无道昏君，明妃也不是那祸国殃民的妲己。你们不说伊尹扶持商汤，张良协助高祖开国兴邦，却说武王伐纣！你们身为国家重臣，衣食住行样样享受皇家赏赐，大敌当前，不出谋划策，制出退敌良方，却让一个弱女子孤身去塞外侍番，你们，你们……”元帝已气得说不出话来。

见此状况，二人深知元帝断然舍不得明妃，可是又没有别的办法，尚书令五鹿充宗又道：“陛下，臣等自知罪孽深重，可是我朝兵马不足，兵器盔甲又不锋利，况且朝中无猛将可以抗敌，万一有什么闪失，那可怎么办呢？还望陛下以大局为重，忍痛割爱，以息战火，免得涂炭生灵。”

元帝感慨颇多，想当年，太祖与项羽争霸的时候，

多亏了韩信元帅建立的十大功勋。可是现如今这些大臣，平日里金章紫绶，衣冠楚楚，朱漆门里，宠养着歌女舞女，安享清福。一旦边关有了军情，一个个却装聋作哑，不敢吭一声。他又念及昭君这样年轻，被推入虎口却无人搭救。想到这里，元帝不由得大吼："昭君与你们有什么深仇大恨？你们为什么一定要将她送到塞外？罢了罢了，满朝文武都成了毛延寿！寡人空握三千文武大军，白掌了中原四百个州县，却连自己最宠爱的妃子都保不住。真是千金易得，一将难求！"

石显上前奏道："陛下，现在番国使臣正在外等候宣召呢！"

"罢罢罢，宣他明日早朝上殿。"

次日，番使大摇大摆，来到元帝面前，神气活现，态度十分傲慢，也不行跪拜礼，只是躬了躬身，便大声说道："呼韩邪单于差臣来奏知大汉皇帝，北国和南朝向来都是结亲示好，我国曾经两次差人求娶公主，陛下都未应允。今有毛延寿献了一幅美人图给单于。单于特差臣来索要昭君做阏氏，望陛下允准。倘若不允，我国百万雄兵即日南侵，以决胜负。希望皇上能够明断，以息刀兵。"

这一番话说完，满朝文武虽然个个气愤难当，却都敢怒不敢言，只能忍气吞声，没有一个人敢出来反驳番使的话，元帝叹了口气说：“先安排使臣到驿馆中歇息吧。”

番使下殿后，元帝斥责群臣道：“如今番兵如此猖狂，你们众文武大臣商量商量，能否献一计策击退番兵，以免去昭君和亲。”那些大臣面面相觑，没有人吭声，元帝大怒，喝道：“有什么好计策快讲！朕又不会把你们油烹了。原以为你们文臣可以使国家安定，武将可以使战争平息，哪知道你们只会山呼万岁、诚惶诚恐地磕头！你们是不是欺负昭君娘娘柔弱善良，如果是当年吕后临朝，你们也敢让她去和番么？你们这些酒囊饭袋，朕要你们何用？以后只要多找几个佳人去和番，就可以使天下太平了！”

无论元帝怎样怒骂，群臣都只是低着头不说一句。元帝实在无计可施，而此事关乎江山社稷的安危，群臣又无良策退敌，元帝只好将昭君宣上殿，把实情告诉她。昭君知道如果能有别的办法，元帝也不会出此下策，她便上前启奏道：“妾身蒙受陛下的厚恩，无以为报。只要能平息战乱，使国家太平，臣妾愿意去塞外和番。只是与陛下的情意臣妾实在难以抛舍！”

元帝道：“爱妃，朕也舍不得你呀！”尚书令五鹿充宗见昭君愿意前往和番，便趁机劝谏道：“难得明妃娘娘如此通情达理，陛下也应割恩断爱，以江山社稷为重，还是早早送娘娘去吧。”元帝心知此事已成定局，无力回天，心中愤怒正无处可泄，一股脑儿倒在五鹿充宗身上："昭君娘娘深明大义，拯救黎民于水火之中，比你们强过百倍，丞相不用再多说了。"接着嘱咐侍从："你们先送明妃回宫收拾行装，然后再去驿馆，明天寡人亲自到灞陵桥为明妃饯行。"

"陛下，这恐怕不妥，这样会令外番耻笑。"尚书令五鹿充宗说。

"你们说的话寡人都依从了，寡人的愿望你们为何一件也不赞同？无论如何，朕要去送一送！退朝！"元帝此时心里恨那忘恩负义的毛延寿，心想你们这些大臣，平时有什么事寡人都依从你们的奏本，可现如今你们怎么忍心活生生地拆散我们这对苦命鸳鸯？从此天各一方，寡人只能在梦里魂牵梦萦了。在昭君回宫收拾行装之际，元帝秉退左右，昭君明眸含泪，幽幽地说："妾身这一去，虽说是为国家大计，可是心里实在是舍不得陛下。"

"爱妃啊，这一去胡地风霜，饮食起居定有不便，你这样为汉室牺牲，寡人真的于心不忍啊！"说完元帝心中一阵酸楚。

第二天，昭君身着貂裘，怀抱琵琶，由番使带领着向灞陵桥走去。昭君昨晚一夜无眠，她感慨自己的身世命运：自从被选入宫中，画像被毛延寿做了手脚，陷入冷宫十年。刚刚蒙受汉帝宠幸，又被毛延寿这奸贼将画像献给呼韩邪单于。现在番王率兵前来索要，不去吧，唯恐江山失落，成为千古罪人；去吧，生死未卜，远

离故国亲人，汉匈相隔万里，今生难以相见。这正是："红颜胜人多薄命，莫怨春风当自嗟。"可是此刻，她已经身不由己了，即使心中有一千一万个不愿意，也只能向前迈去，没有后路可退。

元帝率文武百官也匆匆赶到灞陵。一路上，他眉头紧锁，一脸的抑郁愁苦，还不死心地询问百官谁有退兵的计策，能让昭君免于和亲，想到他与昭君就要分隔万里，心中十分懊恼。来到十里长亭，他下了马，与昭君话别，昭君见到元帝，两行清泪夺眶而出。这时随从的乐队奏起《阳关曲》，元帝吩咐慢慢地演奏，没有人去理会音调和谐不和谐，只盼能拖延一点时间。汉元帝慢慢地捧起酒杯，只想与昭君多待一会儿，多说一会儿话，可是事到如今，又有什么好说的呢？真是相顾无言，唯有泪千行。番使启奏道："天色已晚，请娘娘早早上路。"元帝不理会他，举杯对昭君说："朕与你聚少离多，你还没有去，朕的心就先到了番邦，往后只能在梦中相见了。"昭君说道："臣妾这一去，不知何时才能再见到陛下。这是我平时常穿的旧衣裳，陛下如不嫌弃，就留给陛下做个纪念吧。"说着拿出一个包袱捧到元帝面前。这正是："今日汉宫人，明朝胡地妾；忍着主衣裳，为人作春色！"

元帝手捧着这些衣服，嗅到上面那些淡淡的女儿香，脑海中浮现出昭君昔日轻盈卓越的舞姿，对镜梳妆的风流模样，又想到今日昭君出塞，不知几时才能像苏武一样还乡，心里更觉得凄凉。

番使又催促道："请娘娘上路吧，臣等已等候多时了。"元帝无奈地摆了摆手说："罢了，明妃你这一去可不要埋怨寡人啊！"

昭君已满脸泪水，向元帝行了礼，恋恋不舍地上马去了。番使的队伍走了很远，直到看不见了，元帝还站在原地，目不转睛地望着昭君远去的方向。

尚书令五鹿充宗劝道："陛下，娘娘已经走远了，陛下不必太过挂念了。"

元帝缓缓地将眼光收回，狠狠地看了他一眼，上马率领众臣回宫。他心情十分沉重，暗忖道："朕哪里还是大汉朝的皇帝？连一个平民百姓都不如，白养了那么多的边关将士，满朝的文武大臣遇到战事个个面如土色，惶恐万分，反而让一个弱女子来拯救大汉江山，寡人怎么配做堂堂七尺男儿？

饯行的金驾銮车返回宫中，元帝整日里落落寡欢，将昭君的图像挂在昭阳宫中，望图以解相思之苦。白天还好，到了夜晚，元帝独自徘徊在回廊上，对着绿纱竹影暗自伤心。月光洒在空旷的大殿上，阶生凉意，又多添了几分寂寥，就算是铁石心肠的人也会忍不住忧伤，泪洒千行。

番使护送着昭君一路北行，不日便到了汉匈边境的黑水河。呼韩邪单于早已率人马到河边来迎接王昭君，而且在河边大摆盛宴，封昭君做他的阏氏，并承诺两国息兵交好，匈奴兵马北撤。在番兵准备启程北上之际，昭君向呼韩邪单于说道："大王，能否借我一杯水酒，我想向着南方浇奠，辞别汉家，然后再远行。"呼韩邪单于应允了她的请求，命人给她一杯水酒，昭君端着酒杯来到江边说道："汉朝皇帝，妾身今生已了，来世再见吧！"说罢，纵身跳入汹涌奔腾的江中。呼韩邪单于大吃一惊，急忙命人营救，怎奈江水太急，一时间难以救起，过了一阵子，才将昭君打捞上来，但却为时已晚，昭君已经香消玉殒了。呼韩邪单于目睹这一变故，心中敬重昭君的刚烈，吩咐左右将昭君葬在江边，赐名叫作"青冢。"

呼韩邪单于见昭君已逝，十分叹惋，迁怒于毛延寿。想到此事都是毛延寿那贼子搬弄是非，留下他终究是个祸根，于是他便命武士将毛延寿拿下送回汉朝，交给汉元帝处置，向汉朝示好，两国的甥舅礼节依旧长存。

再说汉元帝，已经近百日没有上朝，整日借酒浇愁，望着昭君的画像发呆。这天夜里，六宫人静，元帝点了一炉香，心中暗暗祷告，希望可以在梦中与昭君相会，烟雾缭绕，元帝感到困倦，竟然沉入了梦乡。

元帝刚闭上眼，就见昭君推开宫门，口中呼唤着元帝，元帝赶忙起身相迎，执起昭君纤手问道："你不是去了番邦，怎么回来了？"昭君笑道："妾身是趁他们不注意的时候逃出来的。"元帝又惊又喜，正要一诉衷肠，忽然几个番兵闯了进来，大声叫道："我们刚才打了个盹，王昭君就偷偷溜走了。我们一路追到这里，这不是王昭君吗？"说着就拖着昭君向门外走，昭君大喊："陛下，救我！"元帝赶上前去想拉住昭君，只听咚的一声，元帝翻身掉下了龙榻。元帝睁开眼睛一看，哪里有什么昭君、番兵，不过是一场梦而已。只听见窗外一声声的孤雁鸣叫，元帝又呆呆地望着窗外的月光，身边的小太监上前劝道："陛下，夜深了，不要再烦心了，要保重龙体！"

元帝幽然道："寡人怎么能不烦恼呢？明妃离我而去，这皇宫中再也没有我的知己了！叫寡人怎么不思念明妃，怀念以前的美好时光呢？"

次日，汉元帝临朝，尚书令五鹿充宗上奏道："陛下，今有番国使者押送叛贼毛延寿前来，说因为毛延寿挑拨离间，破坏了两国盟约，导致了这场祸患。昭君娘娘已在黑水河边投河自尽，呼韩邪单于命人将毛延寿送来我朝，听从陛下发落。"

元帝听后，心中悲痛难当，立即下令将毛延寿斩首，吩咐前去青冢祭奠明妃。又命史官将明妃的壮举载入史册，让后人景仰这位才情出众、至情至圣的巾帼红颜。

【赏析】

马致远，号东篱，大都（今北京）人，约生于1250年，约卒于1321年，是元代剧坛前期与关汉卿、白朴并称的重要作家。曾做过江浙行省官吏，因不满仕途黑暗和元代统治者的民族岐视政策，他退而隐居，过着“酒中仙”“风月主”的放浪生活，并入道家，接受道教思想。马致远的文名很高，是元贞书会的中坚人物，曾与艺人李时中、花李郎等合撰杂剧《黄粱梦》。所作杂剧今知十五种，今存《破幽梦孤雁汉宫秋》《吕洞宾三醉岳阳楼》《大华山陈抟高卧》《半夜宵轰荐福碑》等，其中以《汉宫秋》为杰作。马致远的剧作主要写神仙、隐士的隐逸生活和失意文人的精神状态，表现了一定的兴亡之感。他还有散曲一百二十多首，散曲集《东篱乐府》，语言典雅，想像力丰富，能表现不同阶层的思想感情，但其中多写神仙道化，逃避现实。

汉代历史上的昭君出塞，实有其事。据史书记载，昭君出塞是在汉强匈弱、匈奴王呼韩邪单于主动向汉元帝称臣的社会政治背景下发生的，和亲使汉匈交好，昭君嫁给呼韩邪单于后，被封为宁胡阏氏。呼韩邪死后，又转嫁其子，且都有后。根据这个历史事实，历代文人墨客，一再改编演绎，写成几十种文学艺术作品，在民间广为流传，昭君出塞和亲成为人们生活中一个不朽的话题。而到了元代马致远将这

个故事做了极大的改动，一、汉匈政权的力量发生根本转变，匈强汉弱，匈奴王以强悍的姿态，要汉元帝交出王昭君，否则兵戎相见；二、王昭君对大汉帝国和君王汉元帝有着执着的热忱和至死不渝的情感，在黑水河跳河自尽；三、把以王昭君为主的故事改为以汉元帝为主，对他既抨击又同情。

汉朝传至第八代皇帝汉元帝，四海升平，汉元帝不思进取，派画工毛延寿遍行天下，广选美女充实后宫。毛延寿是个狡诈贪财之辈，他趁机敲诈勒索，让所选秀女贿赂金银，他才会在画像上画得美一些。民女王昭君，容貌出众，因无钱纳贿，被毛延寿将画像点成丑妇，从此发入冷宫。十年后，昭君夜弹琵琶，汉元帝循声而来，得见昭君，惊为天人，随即封为明妃，百般宠幸。他又得知是毛延寿点破画像，误了美人十年青春，怒下圣旨斩毛延寿。毛延寿闻风潜逃，逃到匈奴，将昭君的美人图献给匈奴王呼韩邪单于。单于正因遣使求亲，被汉朝婉拒而气恼，见昭君美貌，便按图索要，并引兵入塞围猎，以示威慑。汉元帝自得昭君后，贪恋昭君美貌温柔，久不设朝，欢情正浓之时，尚书内侍等人来报匈奴单于索要昭君之事，元帝既怕匈奴来犯保不住江山，又舍不得美人入胡地，满朝文武大臣无一人进献良策，个个希望委屈求全。昭君以国家为念，情愿和番以息刀兵。元帝无奈只得忍痛割爱，为昭君饯行。

昭君行至边境，单于见了大喜，封为宁胡阏氏，而昭君向单于要了杯酒，以祭奠汉家王朝，随后跳入黑河自尽，单于抢救不及，后将她的遗体埋在河边，即为青冢。单于又感动于昭君的节烈，迁怒毛延寿，遂让人把他押送回汉，以与汉修好。汉元帝自昭君走后，日思夜想，听得孤雁哀鸣，不胜悲恸。毛延寿被绑送回朝后，他下令斩了毛延寿，祭奠明妃。

《汉宫秋》描写了汉元帝与王昭君之间的爱情，帝王与后妃之间，一个承欢，一个专宠，本是享尽欢愉，但却偏偏掺进国家存亡的事情，江山美人，美人江山，二者反复较量，美人就得输给江山。《长生殿》如是，《汉宫秋》也如是，女子的地位即使抬到后妃的阶层，也终究逃脱不了是男子玩物的命运。汉元帝也许对昭君有几分真情，但与江山帝位相比，就算不上什么了。美人没有了，可以再找别的，而江山没有了，他就什么都享受不成，这是在他心里早惦量好的。昭君在元帝心里的价值不过是几滴眼泪和几许相思而已。汉元帝是个荒淫昏聩的皇帝，他任用庸才，误国误民，不足称道；而他若对昭君有一丝真情，把昭君拱手让与别人，堂堂皇帝连一点血性都没有，他那几滴眼泪若想博得些许同情，更让人觉得可鄙。

而故事中却将汉元帝对昭君的思念写得缠绵悱恻，眷恋不已，恐怕是借元帝之口，写后人对昭君的怀念吧。昭君有倾国倾城之貌，却深藏后宫十年，一朝得宠，却又被献往胡地，这无疑是个悲剧。但假如她一生伴在元帝身侧，侍奉昏庸无能的皇帝，又何尝不是悲剧？她之于元帝，不过是美色，而之于匈奴单于，当然也是美色，对于这一点，她是深深看透了。若说她是为国、为君、为了贞烈节操自尽于黑水河，不如说是为她自己，一代红颜不甘于只因色相而活。而当她明白除了色相，她所侍奉的男人和即将侍奉的男人，不需其他，那她活着与死无异。昭君是深深感受到自身的悲哀的，所以她的死也是义无反顾的。

反过来讲，汉家皇帝和众多文武大臣可以眼看着自家的皇妃去嫁别人，已没有了任何脸面可讲，但若昭君再真的侍奉匈奴王，则汉家的脸面是彻底丢尽了。所以，昭君的死也是汉皇和汉臣们心底不期然的期盼，用一个弱女子的生命给他们捡回一点脸面，他们是毫不吝惜的。

而《汉宫秋》将昭君塑造成爱国忠君，对元帝有着执着情感的痴情女子，并将其形象放大、完美，使其肝胆照人，催人泪下。如此改写历史，是为了讽刺当今，正是由于有汉元帝那样懦弱无能的皇帝，才使王朝衰败、社会黑暗，而像昭君那样有献身国家的热忱的子民，空有一腔热血，却没有回天救国的伟力，只能空自嗟叹而已。

赵氏孤儿

春秋时期的晋灵公是个昏庸的君主，只知道自己享受荣华富贵，不关心百姓疾苦，他在位的时候，朝中职位最高的是文官赵盾和武将屠岸贾。灵公非常宠信屠岸贾。

赵盾一心盼望国家昌盛，人民富足，他每日批阅大量案卷，为国操劳，还多次劝谏灵公施行仁政，体恤百官、黎民。而屠岸贾是个奸佞之臣，经常怂恿灵公干些伤天害理的事，以逗灵公取乐，讨好灵公。这次灵公在宫中盖起了一座高高的绛绡楼，自己在楼上用弹弓射击宫外的过路百姓，以此寻乐。赵盾劝灵公停止那样做，结果惹得灵公不高兴，也得罪了佞臣屠岸贾。屠岸贾对赵盾怀恨在心，总寻机陷害赵盾。

屠岸贾派一个叫钼麑的勇士去刺杀赵盾。一个秋后的夜晚，钼麑身藏利器，跳墙进入赵盾的庭院，悄悄地藏在大树后面。他看见书房中的赵盾正在灯下批阅案卷，为国操劳，正气凛然；一会儿又见赵盾走出书房，在庭院中的香案上焚香祷告，祈祷上苍赐晋国百姓安宁，国势强盛不衰。这一切钼麑都看在眼里，他心想：这样忠心报国的人，我怎能杀他？如果我杀了他，必会一生背负逆天行事的骂名；可要不杀他，不能向屠岸贾

交差，回去也是一死。钼麑觉得与其杀害忠良苟且偷生，还不如自己先死，于是他一头撞死在大树上。

屠岸贾见刺杀赵盾没有成功，还不死心。那时西戎国给晋灵公进贡了一条叫神獒的大狗，灵公非常宠爱屠岸贾，便把大狗赐给了他。屠岸贾回家把大狗锁在一间空屋子里，不给吃喝，任它狂吠。又吩咐仆人扎起一个草人，给它披上紫袍，腰上围上玉带，脚上套上乌靴，手里拿着象牙笏，打扮得就跟赵盾平时的样子一样。然后又在草人的腹部填上羊的心肺，等神獒饿了几天之后，再牵到稻草人旁边让它转上几圈。饿狗闻到羊心肺的膻味，狂吠不已，然后仆人再放开大狗，让它扑向草人，神獒几下就咬开紫袍，叼出羊心肺，大餐一顿。屠岸贾让仆人每隔几天就如此训练一次，这样训练了上百天，神獒已经对"紫袍人"非常熟悉了。

一次早朝，屠岸贾对灵公说："灵公赏赐的神獒，已被我训得十分通人性，甚至能够一眼就分辨出不忠不孝的人。"灵公一听，觉得很新鲜，当即就让屠岸贾把神獒牵到朝上，让它分辨一下朝中的文武百官哪个有不忠之心。屠岸贾让仆人把饿了几天的神獒牵来，赵盾当然不知道屠岸贾要耍花招，他依旧和平时一样，紫袍紫冠，脚穿乌靴，坐在灵公旁边。

饿狗见了赵盾，像平时训练的那样扑上去，赵盾吓得慌忙躲闪，在大殿上被饿狗追赶。殿前太尉提弥明看出是屠岸贾在故意谋害赵盾，他平日早就对屠岸贾的专横极为不满，此时他挺身而出，迎头拦住饿狗，举起手中的瓜锤，一下就把它锤倒在地，然后两手握住神獒的两条后腿，用力一撕，把它撕成了两半，掷到殿外。

赵盾逃出宫殿，寻找自己的马车。可屠岸贾早就算计好了，他已叫人把赵盾的马车弄坏，牵走了两匹马，摘掉了一边的轮子。赵盾爬上车子，可车子没法前进，这时一个壮士过来跳上马车，用一只臂膀扶起车轴，另一只手驾车，冲出人群，救出了赵盾。

这位突然出现的壮士不是别人，是赵盾曾救过的一个人，叫灵辄。有一次赵盾到城外体察民情，看见一个大汉躺在一棵桑树下，大张着口，一动不动。赵盾十分诧异，上前询问。那大汉告诉赵盾，他叫灵辄，有力气，能干活，就是饭量太大，每顿能吃一斗米，主人嫌他吃得多，将他赶出来。他已经饿得难受了，想吃桑椹子充饥，但不想让主人说他偷东西，便躺在树下，如果能碰到树上掉下的桑椹子落入口中，便吃一个；如果落到别处的，他不会去吃。赵盾见他都快饿死了，还如此守节，非常钦佩，便吩咐仆人给他饭菜，让他大吃了一顿。这人吃饱后连谢也不说，便走了。其实他不是不知报答，如今他见赵盾有难，便义无反顾，舍命营救。

屠岸贾见杀害赵盾又没能成功，继续在灵公面前搬弄是非，说赵盾早有不忠之心，有欺君之罪，理应满门抄斩。灵公真的听信了屠岸贾的谗言，降旨把赵盾一家男女老少三百余人全部杀害。只有赵盾的儿子赵朔身为驸马，与公主住在驸马府，才幸免一死。但屠岸贾仍不死心，他决定斩草除根，就假传灵公圣旨，派人把弓弦、药酒、短刀三样东西送到府中，说是灵公赐的，让他选一样自杀。赵朔知道屠岸贾不会放过自己，只是遗憾这样死得不值，他痛心自己赵家三百余人被杀得如此冤枉，更痛恨屠岸贾那个奸臣狂妄到极点，而昏庸的灵公却对他偏听偏信。他自己无力回天，只好对怀有身孕的妻子说："公主，如今你身怀有孕，如果将来生个男孩，就取名赵氏孤儿，让他日后为赵家报仇雪恨！你也一定要小心屠岸贾那个恶贼。"说完取短刀自刎身亡。公主也被屠岸贾囚禁在公主府中，她身为公主却要受屠岸贾制约，赵家的灾难让她悲痛万分，她终日忧伤，但为了赵朔生前的嘱托，她强撑着到孩子分娩，果然生了个男孩，取名赵氏孤儿。

公主生了男孩的消息很快就传到了屠岸贾的耳朵里。屠岸贾害怕孩子长大后报仇，决定斩草除根，但又怕灵公肯定要去探望外孙，万一撞见就露馅了，于是想等孩子满月后再下手。他派手下一个叫韩厥的，守在公主府门外，严格搜查出入公主府的人，生怕赵氏孤儿被带出府去，还张榜公布说如有人敢带走赵氏孤儿，满门抄斩！

公主生下孤儿后，整日提心吊胆，她深知屠岸贾绝不会放过这孩子，肯定要想法杀害他，她便想托人把孤儿带出去。可谁又能在这紧要时刻担此重任呢？公主思前想后，想到了一个叫程婴的人。程婴原本是一个乡村医生，常在驸马府走动，驸马对他有厚遇，待他与普通门客不同。因为他不是赵家人，所以就免遭杀戮。公主知道程婴心地善良，为人仗义，便想把孤儿交给他，于是她派人把程婴找来，对他说："赵家三百余人都已惨死在屠岸贾的手下，我刚生下一男孩，叫赵氏孤儿，屠岸贾肯定不会放过这个孩子，现在我没有别的亲人，只有你能帮我把孩子带出府，把他抚养成人，日后再为赵家报仇。"程婴一听，觉得这事风险太大，他感激驸马生前对自己的厚恩，牺牲自己倒不怕，但就怕万一事情暴露，危害孩子，酿成大祸。他对公主说："如果我把孤儿带走，屠岸贾追问起来，你也瞒不住，我搭上性命倒不怕，就怕连孤儿也保不住了。"公主明白了他的意思，是怕她嘴不严，经不住屠岸贾的拷问，于是她抱起孩子亲了亲，又"扑通"给程婴跪下，深深地一拜，说："孤儿是赵家唯一的血脉，一定要把他带出去抚养成人，长大后教他武艺，再找屠岸贾报仇！"说完走到里屋，自解裙带自缢而死。程婴大吃一惊，但事已至此，也只有想尽一切办法保全孤儿了。他把孤儿放进自己的药箱，

上面又盖上生药，抱着药箱赶紧向门外走去，心里说：“小祖宗呀，你千万不能哭呀！”

他到门口，看到把门的是韩厥将军，心想，韩厥是赵盾生前器重的人，想必他这一关能过得去，便稍稍松了一口气，然后停都未停便直闯过去，不料刚走出门就被叫了回来，韩厥问他：“你是什么人，到公主府做什么？”

“回大人，小人程婴，是乡间医生，到府中给公主煎汤下药。”

“你下的什么药？”

“益母汤。”

“那你这箱子里装的是什么？”

“都是些生药。”

“都有哪些药？”

“桔梗、甘草、薄荷。”

“可有什么夹带？”

“没有任何夹带。”

韩厥见他答话顺畅而且平静，便说：“既然这样，那你走吧。”程婴一听放他走，赶忙抱起箱子，大步朝外走去，心想这种是非之地永远不要再来。谁知刚走几步，韩厥又把他喊了回来，把刚才问过的话又重新问了一遍。程婴的回答还是一模一样，韩厥问不出什么破绽，便又说：“你走吧。”可程婴刚走没几步就又被叫了回来。韩厥说：“程婴，我看这事有蹊跷。我让你走，你脚步就如弩箭离弦一样快；我让你回来，你就像毡上拖毛一样慢，你的箱子里难道藏着赵氏孤儿吗？这府门外全都是屠岸贾的人，你是跑不掉的！”

韩厥喝退了左右小厮，打开程婴的药箱，拨开上面的草药，只见孤儿蜷成一团，睁着眼睛躺在那里一声不响，好像懂事的样子。韩厥看了看程婴说道：“你刚才说里面只有桔梗、甘草、薄荷，可我还搜出‘人参’来了！”程婴立即跪倒在韩厥面前，说：“赵盾忠心为国，却惨遭奸人杀害，这是赵家唯一的后代了，我想抚养他长大，让他继承赵家香火，为国效力。将军为人一向正直，请将军手下开恩。”

韩厥被程婴冒死救别人孩子的勇气深深感动。他虽然在屠岸贾手下做事，却一直看不惯屠岸贾的狠毒凶残，也同情赵盾一家的悲惨遭遇。于是他对程婴说：“如果我把这孩子交给屠岸贾，他恐怕会把孩子剁成肉馅，而我也定会拿到丰厚的奖赏，尽享荣华富贵。可我韩厥岂是这种见利忘义、损人利己的小人？你快把孤儿带走吧！”

程婴一听，又惊又喜，赶忙把孤儿盖好，拜谢了韩厥，快步走出门。可刚走了几步，他又折了回来。韩厥问他：“你怎么又回来了？是不是害怕了？”程婴答道：“我不是害怕。是想你放我走了，以后屠贼追问起来，将军不得不把实情相告，他再派人去抓我，到最后还是落入他手。与其那样，还不如你现在就把我和孤儿交出去，你还能领赏呢！”韩厥现在明白了，原来程婴是信不过自己。他说："程婴，你也太小看我了，你能豁出性命来救人，难道我就贪生怕死，舍不得这颗脑袋吗？你就放心带孤儿走吧，找个深山僻静的地方，教他演武习文，将来主掌三军，除掉贼臣，以报赵家忠良之辈。"说完，拔剑自刎。程婴见韩厥如此刚烈，心中很是敬佩，但他也顾不上收拾韩厥的尸体，就带上孤儿匆匆上路了。

程婴带着药箱，快步如飞，他来到城门口时，见城墙下人头攒动，好多人都在围着一张告示看。原来程婴离开公主府后，屠岸贾得到报告说公主自缢，韩厥身亡，赵氏孤儿被带走，他竟诈传灵公之命，吩咐在各城门一齐张榜公告：凡一月以上、半岁以下的男孩，一律送到元帅府中。违者全家抄斩，九族不留。屠岸贾真是心肠狠毒到了极点，他打算把送进府中的所有孩子都杀死，其中必有孤儿，这样才解他心头之恨。程婴看了告示，惊讶地张大了嘴，情急之下，他想到了以前的中大夫公孙杵臼，于是朝太平庄走去。

中大夫公孙杵臼与赵盾是一殿之臣，两人相交甚厚，因年纪大了，又不满屠岸贾在朝中胡作非为，所以告老回家，闲居在北太平庄。他为人忠厚，性情耿直，极端仇视屠岸贾这种奸佞小人。

程婴在到达公孙杵臼家之前，考虑把孤儿托付给他抚养，比较合适。但冒失地把孤儿带到公孙家，又怕万一遇到别的情况，连累孤儿。于是他先把药箱藏在外面的一个瓜棚里，自己先到公孙家打探情况。

公孙杵臼见了程婴，赶紧把他请进草堂，向他打听朝中的情况。程婴说了赵盾一家惨遭杀害的事，公孙杵臼长叹一声，悲戚地说：“老朽已听说了，赵将军冤屈呀！”程婴见公孙杵臼一腔热情不减当年，于是就说：“大人不知，赵家还留有一条根！”公孙不禁一惊，说：“赵盾家三百余人都被杀，就连驸马都没幸免，还有什么人能逃生？”于是程婴便把驸马死前公主已怀有身孕，后来生下一子，名叫赵氏孤儿，屠岸贾紧追陷害，公主无奈将孤儿托付于他，自己自缢身亡的经过向公孙杵臼说了一遍。公孙杵臼听了又惊又喜，问：“那现在孤儿身在何处？”“孤儿已被我救出，就放在外面的瓜棚里。”

公孙杵臼当即就与程婴一起去瓜棚把药箱取回来，然后把身边的人都支走，打开一看，孤儿正乖乖地在里面睡觉呢。公孙杵臼抱起孤儿，用自己的脸亲了又亲，不禁老泪纵横，对程婴说：“这是老天可怜赵家，留下这一条根呀！你一定要尽力把孤儿抚养成人，让他学文习武，将来为赵家报仇，除掉屠贼！”程婴听了，告诉公孙杵臼，那屠贼已经知道孤儿被盗了出来，现已在城门张榜说，凡一月以上、半岁以下的男孩都要带到元帅府中，全部杀掉。公孙杵臼一听又愣住了，他没想到屠岸贾竟如此凶残，一点人性都没有，可怜赵盾一生忠厚为国，到头来连这个孩子都保不住。

程婴说：“老宰辅，我已想好一个办法。我程婴今年四十五岁，也刚生了一个儿子，不到满月。为救孤儿，

为救全国的婴儿，我情愿献出自己的儿子，让他冒充孤儿。请老宰辅去屠岸贾那里告发，就说我程婴藏着孤儿，让他把我们父子杀了，以保全孤儿，我愿用性命报答赵家的知遇之恩，您把孤儿抚育成人，再给赵家报仇！”

公孙杵臼听了程婴的话，说：“你今年四十五岁，而老朽已经七十岁了，这孤儿至少要等二十年才能为父报仇。再过二十年，你六十五岁，我九十岁，我恐怕活不到那个年纪了！所以程婴，你既舍得自己的孩子，不如你把孩子送到我这儿，然后你去告发，说是我藏了孤儿，让屠岸贾来捉拿我与你的儿子。你带着孤儿远远地躲藏起来，抚养他成人，这才是最好的办法！”程婴听了，觉得有道理，他不禁为老宰辅的满腔赤诚打动，但他不愿意看到这么令人敬佩的老者被牵连性命，可公孙杵臼越来越坚定，一定要程婴依他的主意办。

程婴又对公孙杵臼说：“老宰辅，我还有一件事放心不下，你这么大年纪，如果被屠贼捉去毒打，刑讯逼供，你怎能熬得住？万一您受不住，把我供出来，我父子送命倒不足惜，只怕孤儿也保不住了，还要白白连累您老人家。”公孙杵臼说：“我已是入土半截的人了，早已置生死于度外。我从来一诺千金，即便让我上刀山剑峰，我也不会有始无终，你只管放心去抚养孤儿吧。”程婴听了，这才放心地背起药箱回家去了。

程婴把自己的儿子交给公孙杵臼之后，向公孙杵臼拜了一拜，便去屠岸贾那里告发。屠岸贾一听是孤儿有了下落，便急忙让人请进程婴。程婴见到屠岸贾身披红袍，腰系宝剑，道貌岸然地坐在太师椅上，连忙向他施礼。屠岸贾问程婴是什么人，怎么知道孤儿的下落的，孤儿现在哪里？程婴告诉他：“我叫程婴，本是个乡村医生，我与公孙杵臼曾有一面之交，昨天顺路去探望他，竟听到有婴儿的哭声，公孙杵臼已是七十岁的人了，怎么会有小孩呢？我便试着问他：‘莫非大人藏了赵氏孤儿？’只见他脸色变白，躲躲闪闪，慌张地答不上来，因此我断定就是他藏了赵氏孤儿。”

屠岸贾是个狡猾的老贼，他厉声喝道：“大胆程婴，你敢来我这里耍花招，你与公孙杵臼往日无冤，近日无仇，你为何要告他？莫不是你们俩串通好了来骗我？快如实说，说不清楚，我今天就要了你的脑袋！”说着就把明晃晃的宝剑抽出来在程婴面前晃动了一下。程婴却平静地说：“元帅发下告示，要杀全国的婴儿，但那样会白白送了我儿的性命，因此，我告发公孙杵臼，是为了保住我儿的性命，也保住了全国婴儿的性命！”

屠岸贾一听程婴这番话，觉得有道理，他是为了保护自己的儿子，而且屠岸贾知道公孙杵臼在朝时与赵盾交谊甚厚，极有可能为他抚养后人，于是他马上派人到公孙家捉拿公孙杵臼与赵氏孤儿。

屠岸贾带着一伙人马，押着程婴，不一会儿就到了太平庄。他们把公孙杵臼家团团围住，然后进去搜查。公孙杵臼见了他们也不打招呼，屠岸贾更是生气，让人把公孙杵臼捆绑起来，屠岸贾坐在一旁奸笑着说：“老匹夫，你胆子不小呀，当年在朝中你就和赵盾合伙与我作对，现在又私藏赵氏孤儿，你个老东西还敢跟我斗，快把赵氏孤儿交出来，否则我让人打死你。”

公孙杵臼瞪了屠岸贾一眼，毫不畏惧地骂道：“你这个无恶不做的奸贼，你丧尽天良，早晚有一天会遭报应！”屠岸贾气得吹胡子瞪眼，命手下的人用大棍子拷打公孙杵臼，但公孙杵臼坚决不说孤儿在哪里。这时狡猾的屠岸贾又想出了绝招，他对程婴说：“你告发他，可他不招，你来打他。”程婴心里暗骂屠岸贾好狠毒，可无奈只好顺从，他看着一个个沾着血迹的棍子，心里很不是滋味，挑来挑去，挑了一根最细的棍子，刚要打，屠岸贾说：“你用那么细的棍子，是怕打疼了他，再把你一起供出来吧？”程婴只好又换了一根很粗的大棍子，可屠岸贾又说：“你用那么粗的棍子，是想三下两下把他打死，以免他再把你也供出来吧？”程婴见他如此刁难，便说：“那你说怎么办？”屠岸贾让他用一根不粗不细的棍子打公孙杵臼。

公孙杵臼毕竟已是七旬老人，哪经得住这种拷打，他被打得糊里糊涂，而且疼痛难忍，一看是程婴在打他，下意识地说：“我们俩商量救孤儿……”程婴见他快

碧玉
徙倚閑庭淡晴垂不須再
請寄来書已知一代容華
盡地下相逢未是遲

【千秋绝艳图】卷 局部 [明] 佚名 中国历史博物院藏 75-2

撑不住了，怕他说露嘴，赶忙踢了他一脚，说："你休要狡辩，你自己私藏孤儿，还不承认！"这一下公孙杵臼清醒过来，屠岸贾再追问他是与谁合伙，他只说自己一个人，根本没有同谋。屠岸贾也没有办法，正在这时，有人来报，说在地窖中搜出了赵氏孤儿。屠岸贾一见赵氏孤儿找到了，他一把抓过孩子，恶狠狠地说："赵盾，你跟我作对，我现在就让你的最后一条根也断了。"说着，拔出剑，连剁三下，婴儿的哭声立即停止了。

可怜程婴亲眼看着自己的骨肉被残害，还不能显露出伤心的样子，他紧咬着牙，强撑着身子，两腿差点瘫下去。公孙杵臼指着屠岸贾，大骂他凶狠毒辣，丧尽天良，然后一头撞死在石阶上。

屠岸贾这下心里痛快了，赵盾家被他杀得干干净净，公孙杵臼也除了，他往日的两个对头都没有了，今后再无人敢与他作对。他哈哈大笑，对程婴说："程婴，这次除孤儿，你立了大功，我要奖赏你。你以后就来我家做个门客，我今年五十岁了，也没有孩子，我就收了你的儿子做义子，将来我老了，官位就让给你的儿子，你看如何？"程婴心里不愿意与屠岸贾这种人混在一起，但又一想，这样倒更方便抚养孤儿，于是便答应了他。

程婴给儿子起名程勃，做了屠岸贾的义子后又叫屠成，他自小跟着屠岸贾学习武艺，跟着程婴学习文史，两个人竟都毫无保留地用心培养他，但各有各的打算，屠岸贾是想让他长大后帮他篡位夺权，程婴则是惦念着让他杀屠岸贾为赵家报仇。

光阴似箭，日月如梭。转眼二十年过去了，程勃已长成一个英姿勃发的青年，文韬武略，样样精通。屠岸贾一心想早点篡夺王位，而程婴也在发愁如何把儿子的身世告诉他，让他为赵家报仇，他苦苦思索，暗中把以前屈死的忠良画成了一个手卷，想细细地讲给程勃听。

一日，程勃习武回来，见父亲一个人在书房黯自伤神，眼角还挂着泪珠，便急忙上前问道："父亲，你怎么了？"程婴只是搪塞说没事。但程勃是个仁义孝顺之人，他又说："父亲，你为孩儿整日操心，你有什么烦恼也要让孩儿为你分担一些。"程婴长叹一声，说："只怕告诉你，你解决不了呀！你还是去吃饭吧。"程勃哪里肯丢下父亲自己去吃饭呢？程婴见他这样，便推说自己去更衣，在他离开书房的时候，故意从袖筒中掉出那个画卷。

程勃捡起画卷，展开来看，他不太懂，很好奇，也感到画卷里的事情很重要。只见长卷上，第一幅是一个穿红袍的人牵着一只大狗，咬一个穿紫袍的人；第二幅有一个拿锤子的人打死了那只饿狗；第三幅画着一个人撞死在槐树下；第四幅画着一个人驾着一辆车，那车只有半边车轮；第五幅画着一个将军面前摆着弓弦、药酒、短刀，将军拿起

短刀自刎；第六幅画着一个将军拔剑自刎身亡；第七幅画着一个医生抱着药箱，一个妇人抱着孩子交给那个医生，妇人自缢身亡；最后一幅画着前面那个穿红袍的人拷打一个白发苍苍的老人，旁边还有一个婴儿，被剁成了三段。程勃看了，只觉得这里面那个穿红袍的人太狠毒了，他揣摩不透，便等程婴回来给他讲述里面的故事。

程婴长叹一声，说："孩子呀，这里面要讲的故事，都是与你很有关系的呀！"接着，他就把屠岸贾如何杀害赵盾家三百余人，驸马被逼身亡，公主自缢，以及韩厥、公孙杵臼等忠义之士如何舍命救赵氏孤儿，这一桩桩事件都详细地讲了一遍，只讲得程勃禁不住陪着父亲一起流泪，然后程婴又告诉他："这里面那个乡村医生便是我，你就是那个被众人舍命保全的赵氏孤儿，那个穿红袍的凶狠之人便是你现在的义父屠岸贾。当年他收你做义子，我觉得更方便保护你，让你学文习武，就答应了他，如今你已长大成人，我告诉你这些之后，也就尽到我的责任，也算没有辜负当年你母亲的托付。"

程勃听完，觉得太震惊了，他万万没有想到自己就是赵氏孤儿，也没想到现在的义父屠岸贾便是自己赵家的仇人，他一下子难以接受这么巨大的转变，不觉大叫一声，昏倒在地。程婴赶忙把他救醒，程勃泪流满面，失声痛哭。他挣扎着跪在程婴面前，说："爹爹为了孩儿不惜断送自己的亲骨肉，可孩儿空活二十载，竟不知爹爹对我如此恩重如山！孩儿惭愧，孩儿一定把屠岸贾碎尸万断，为赵家三百余人和无辜受害的忠良报仇！”程婴把他揽入怀中，安慰他今后做一名忠义良将，为国效力，除奸安良，就是对祖辈的报答了，还劝他报仇的事不可鲁莽，要考虑周全再行动。

当时晋灵公已经去世，在位的是晋悼公，屠岸贾在朝中为所欲为，许多大事他都擅作主张，根本不把悼公和其余众臣放在眼里，但因他手中掌握兵权太重，悼公也拿他没办法。程婴帮助程勃拟了奏本，揭发屠岸贾陷害赵盾一家，又私自结党，以谋篡位的罪行。他们通过当时的晋国上卿魏绛，秘密觐见了晋悼公，递上了奏折。第二天魏绛就把悼公的圣旨传给程勃，说悼公批准了他的奏本，但让他秘密寻找机会，擒获屠岸贾。

程勃奉了圣旨，守在屠岸贾每日回家的必经之路上，待屠岸贾大摇大摆过来，程勃趁其不备一下子上前绑住了他。屠岸贾手下的人见出手的是屠岸贾的义子，也犹豫着不知该不该阻拦。正要拦阻时，魏绛已带领人马赶到，他拿出圣旨，喝退兵士，但屠岸贾还被捉得糊里糊涂。他挣扎着问：“孩子，你怎么敢绑义父？”程勃说：“奸贼！你还有脸说是我的义父，告诉你，我就是当年那个赵氏孤儿！你杀了我全家三百余人，陷害忠良无数，你作恶多端，还想在我面前装模作样！”这时程婴走上前说：“屠岸贾，你总算有今天，就让你死个明白吧，你当年杀的婴儿不是赵氏孤儿，那是我的亲生儿子，而现在站在你面前的才是赵氏孤儿！”

屠岸贾差点昏过去，只道：“既然已到这一步，那你们就快些杀了我吧！”魏绛说：“老奸贼，你做了那么多坏事，害了那么多忠良，你让晋国的百姓受苦受难，现在你想死得痛快，没那么容易！”于是吩咐手下将屠岸贾钉上木驴，让刽子手慢慢地割他三千刀，把他身上肉割完了，再斩首，以为万民除害。

屠岸贾被押走之后，魏绛又宣读了悼公的圣旨，为赵盾一家昭雪平反，让程勃恢复本姓，并赐名赵武，承袭祖辈的官位，封韩厥的后代为上将军，赐程婴良田十顷，为公孙杵臼立碑，教导后人永世颂扬。

程勃跪在程婴面前说：“孩儿虽然奉旨复姓，但您永远都是孩儿的父亲，我会让您过上安乐的晚年，我赵家已故的祖辈也会在地下感激您对赵家的大恩。”看到二十年的心血没有白费，程婴感到十分欣慰，他扶起程勃，不觉老泪纵横，拍着程勃的肩膀，连说：“好孩子，有志气，以后要为晋国效力！”

从此，程婴、韩厥、公孙杵臼等人舍命救孤的故事，便一直被人们称颂。

【赏析】

纪君祥，一作纪天祥，元大都（今北京）人，元代剧作家，生卒年月和生平事迹俱不详。与元剧作家李春卿、郑廷玉等同时，据有关记载，他所作杂剧共六种，现仅存《赵氏孤儿》一种。

《赵氏孤儿》是一部依据历史真实事件而创作

的历史剧，它取材于《左传》《史记》等著作中记载的史实，成功地把发生在春秋时期晋国宫廷内部的一个特定历史时期的政治斗争戏剧化了。

故事写春秋晋灵公时，奸臣屠岸贾一心要杀害忠臣赵盾，进而谋国篡位，他曾派人暗杀赵盾，奸计未成，又训练恶狗追咬赵盾，在灵公面前花言巧语、恶意诽谤，灵公听信谗言，将赵盾一家三百余人尽皆抄斩。赵盾之子赵朔是灵公的驸马，与公主住在驸马府，幸免此难。屠岸贾欲斩草除根，假传圣旨，让赵朔自尽，当时公主怀有身孕，赵朔死前嘱托妻子待孩子长大后定要为赵家报仇。后公主产下一子，取名赵氏孤儿（简称赵孤）。屠岸贾得到消息后，即令军士把守宫门，防止孤儿被盗走。驸马门下乡村医生程婴，以公主产后送药为名，将孤儿藏在药箱内带出宫门，被守将韩厥查获。韩厥不满屠岸贾的恶行，出于义愤，放走程婴与孤儿，自刎身亡。屠岸贾得知孤儿被盗，大搜全国，命国内一个月以上、半岁以下的婴儿都献来杀掉。程婴将赵孤携至赵盾故友公孙杵臼庄上，请求他收养赵孤，并打算将自己刚满月的亲儿献出去，以保全赵孤与国中其他婴孩的性命。而公孙年老，抚孤需程婴来做，公孙杵臼甘愿舍命。程婴将赵孤与自己亲子调包，然后到屠岸贾处告发。屠岸贾拘捕公孙杵臼，并让程婴毒打公孙杵臼，公孙杵臼拒不承认收养孤儿。后来假孤儿被搜出来，屠岸贾亲手杀死婴儿，公孙杵臼触阶而死。屠岸贾因程婴告发有功，收程婴之子即赵孤为义子，教其武艺，以图让他帮自己篡夺君位。二十年后，赵氏孤儿在程婴、屠岸贾的抚养下，长大成人，文武双全。程婴见时机成熟，遂将屠岸贾杀害赵家一家的事画成手卷，借机把事情真相告诉赵氏孤儿，赵孤得知自己的真实身世，悲愤交加，上奏晋君，得密诏捉拿屠岸贾，屠岸贾被擒并被凌迟处死，赵家大仇得以雪恨。

《赵氏孤儿》是一部复仇剧，是一场善与恶的较量，奸臣屠岸贾为达到自己的目的，费尽心机，杀害赵盾一家三百余人。他每进一步，便要鲜血满地，最后赶尽杀绝，连个刚出生的婴儿也不放过。见婴儿逃脱，便要搜来全国婴孩，尽皆杀戮。此暴行令人发指，也激起仁人志士的义愤，于是展开一场托孤、救孤、调包、存孤的血泪剧。这期间，参与者都付出了血的代价，韩厥、公孙杵臼和程婴的亲子皆在这场斗争中献出生命。为一棵赵家的根苗，旁人都不惜性命，这是弱者对弱者的同情与救助。在专制强权的政治制度下，恶者以国家强权的面目出现，弱者无法从根本上遏制罪恶的力量，他们能做的，只有用自己有限的能力，减少受害者受害的程度。

整部剧一开始就是惨烈屠杀、血腥扑面，而程婴、韩厥、公孙杵臼等人的救孤行为闪现出人类正义和善良的人格光辉。他们维护正义、伸张正义，以他们的死、他们的智、他们的忍耐和信念，最终战胜了邪恶。程婴冒死携孤出门，并甘愿以自己与儿子的性命保住赵氏孤儿和全国婴儿的命。当公孙杵臼自请牺牲时，他又十分不忍，钦佩之情溢于言表；而当眼看着屠岸贾将自己的亲儿剁成三段，如同剁他自己一样，这种付出、这种忍耐不是一般人所能做得出、所能承受得住的。程婴为报答赵朔知遇之恩，拼命救起赵家之后；为救赵氏遗孤，又舍弃自己的亲骨肉，他完全把自己融入到这场悲剧当中，孤注一掷，生死与共。正是由于他的存在，救孤行动才得以成功，他做事谨慎，考虑周全，与公主、韩厥、公孙杵臼都是再三叮嘱，让他们别说漏了嘴，而二十年后告诉赵孤真相时，也是精心策划，再三思量，先画成手卷，再借机相告，方式十分委婉，是怕太直接，而让孤儿无法承受。程婴为完成救孤的使命，几乎付出了一切。

而韩厥身为将军，搜出赵孤，本可去领赏，安享富贵，但他内心涌动着正义的鲜血，不忍心对一个婴儿下手，并助程婴救孤，毅然自刎。这种举动，催人泪下，肃然起敬。公孙杵臼也是如此，他本已告老在家，可以安享晚年，但出于故友之情、正义之心，他甘愿付出一把残年，遭受杖刑，触阶而死，把救孤行动最终推向成功。他们的壮烈义举，各具风采，肝胆照人，弱者联合，便是一股强悍的力量，屠岸贾再怎么紧逼，布下罗网，赵氏孤儿最终得以存活并长大成人，报了血海深仇。

仁人志士在斗争中个个为救孤赴死，他们的前仆后继，使剧作产生强烈的悲剧气氛。然而他们毫不犹豫、毫不怀疑地把复仇的希望都放在一个刚出生的婴儿身上，且都为他的存活付出生命，也实在让人可怜可叹。首先是赵朔因妻子身怀有孕，便放弃反抗，无奈受死。公主身为灵公的女儿，对屠岸贾的软禁竟束手无策，生下婴儿，托付给程婴后，便自行求死。韩厥作为一个将军，多少握有点兵权，既不满屠岸贾的残暴，却无心反抗，只有一死保全孤儿行踪。公孙杵臼是个七旬老人，更不消说，除了死，便没有别的办法可救孤儿。他们的慷慨赴死，固然让人钦佩，但他们的轻意舍命，却不能完全让人信同。公主、驸马、医生、将军、退职中大夫，有职位的，没权力的，统统不能把屠岸贾怎么样，难道能保证一个新出生婴儿长大后就可复仇吗？这些人的赴死无疑是壮烈和节义的，他们虽然最终都要屠岸贾血债血偿，但这个仇不能别人报，只能由赵家的后代来报，所以他们的任务就是救孤存孤，

这是中国自古以来“父仇子报”的道德传统。程、韩、公孙等人是为了这一传统而付出生命的，所以如果把本剧中说成是反封建、反剥削统治，不如说成是人类善良与正义的张扬。

故事中并没有明确地展现屠、赵的忠奸，赵盾是否就是比屠岸贾更代表先进政治力量也没有正面明确交代。而事实上，救孤行动，指斥鞭挞屠岸贾，是因为他的恃强凌弱，他的草菅人命，他的祸国殃民，他的有悖于人性的邪恶。这是一场善与恶的较量，而非奸佞与忠义两种政治力量的斗争，从这个意义上理解，作者最终为屠岸贾安排死于赵氏孤儿之手，这种“恶有恶报”，自设罗网自遭灾的结局，是具有中国民族特色的。正义战胜邪恶，作者用戏剧化的手法，将理想变为现实，借以鼓舞现实中人们同恶势力斗争的勇气和热忱。

另外，故事还反映了晋灵公的昏庸，朝臣的反抗无力，以及君主专制的残暴。屠岸贾作恶多端，皆以国家强权、政治法令面目出现，他不是君主，却暴于君主，是谁让他如此横行霸道？是昏聩的灵公，是专制的君主制度。君令一下，不得不死，这种死的反抗又是何等的消极与无奈！

精忠旗

岳飞，字鹏举，河南汤阴人，自幼得父母恩师教养，忠厚坦诚，一身正气，喜欢读《左传》《孙子兵法》等书，练就一身精湛武艺，常怀忧虑天下之心，素有兴国安邦之志。

时值北宋末年，北方女真族日益强大，建立金国，时常兴兵南下，骚扰边境，有并吞中原、灭掉大宋的野心。宋徽宗害怕引火烧身，落个“亡国君”的罪名，慌忙把帝位传给儿子钦宗。钦宗未及调集军马迎敌，金军已大兵压境，所到之处，势如破竹，燕京、太原、郑州等地纷纷陷落，不几日，金兵便包围北宋都城汴梁，情势十分危急。

岳飞身为老将宗泽帐下的一员猛将，听说金兵逼近京师，心中十分焦急，急忙派部下张宪前去打探。这天是朔望之期，岳飞想起早年恩师周同教导自己忠心为国，报效朝廷，思念之情顿起，便设案祭奠恩师，愿恩师英灵未泯，保佑自己出兵迎敌，解救国难。祭奠完毕，张宪闯进来，报告说京师失守，徽宗、钦宗双双被金兵掳走，岳飞听了心中大恸，仰天长叹：“苍天无眼，竟让两位圣上蒙尘，做臣子的还有何面目示人？若文臣不爱钱，武官不怕死，何以会落得如此地

岳 飞

步？真是百年江山，毁于一旦，百年江山，毁于一旦啊！”话未说完，岳飞已涕泪纵横，泣不成声。

张宪深知岳将军忠君为国之心，不得劝解，只在一旁垂泪。岳飞忍下悲痛，解开衣袍，毅然对张宪说：“你拿刀来，在我背上刻下‘尽忠报国’四字。”张宪怕他疼痛，一时犹豫，岳飞怒道：“我连死都不怕，还怕什么疼痛！为了朝廷，我岳飞的热血头颅都可洒可抛！别再啰嗦了，快点动手吧！”张宪只好从命，他拔出佩刀在岳飞背上挥动起来，不一会儿，岳飞背上皮开肉裂，鲜血淋漓。字刻好后，岳飞又让张宪洒上墨汁，张宪不敢违抗，一一照办，擦干血迹，淋上墨汁，“尽忠报国”四个大字展现于岳飞背上，黑中透红，十分醒目。张宪深为岳飞的忠心感动，他忙给岳飞穿上衣服，说：“将军立志报国之心，我等尽知，为何非要受这种皮肉之苦？”岳飞回道：“当今做臣子的，大都当面媚主，背后忘君，我今天在背上刻下这四字，就是要唤醒那些背君忘主之人，洗心革面，同仇敌忾，保我大宋江山！”又接着说：“宗老将军此刻肯定已知道京师之变，他若兴师勤王，我们就马上行动，你快去打探。”张宪领命出去。

这时，岳飞夫人李氏带儿子岳云、女儿银瓶赶来，一帮奸佞小人的撺掇下，致力议和，偏安一隅，与金人平分天下，只满足于半壁江山。转眼三年过去，岳、韩等抗金将领浴血奋战，挡住金军劲锋，双方战战停停，都在积聚力量，恢复中原有望，但又似乎无望。

金兀术靖康一战，取得大捷，更加想吞并宋室，一统天下。他一面训练兵马，屯积粮草，以备随时出击，消灭宋军；一面又打算通和讲好，迫使南宋屈服，向自己俯首称臣，交纳金银、贡品让南宋慢慢消耗实力，而自己达到不战而胜的目的。若要实现第二个方略，则必须要在南宋内部安插个内应才行，金兀术想来想去，就想到了一个人，这便是秦桧。

秦桧乃江宁人氏，进士出身，曾在北宋任御史中丞一职。金兵南侵之初，他便力主通和，苟且求安。东京失陷后，他随二帝及一帮大臣被掳进北国，因其能言善辩，颇能媚上，很快留在金军帐中做了一名部将。其妻王氏，颇有几分姿色，与其他大臣的妻女一样被挑选出来，供金兀术玩乐。王氏不但长得漂亮，还善解人意，极会说话，所以甚得金兀术喜爱。金兀术时常唤她到帐中饮乐，并与其交欢，王氏也百般献媚，竭力奉承。秦桧对此事也心中了然，但人在屋檐下，只能忍气吞声，甘愿戴了顶绿帽子。

而金兀术对王氏只不过是图一时风流，却不曾把霸业天下忘在脑后，他处处提拔秦桧，也是备以后之需。这天，金兀术把秦桧大妇叫到宫中，先见了王氏，温存客套一番，便直话直说："夫人，我与你萍水相逢，结成欢好，如胶似漆，但你终是南人，北国不是你久留之地，你还是回到故国去吧。"话中有几分情意，又有几分命令。王氏知道其中必有原故，便只说舍不得与四太子的情意，金兀术则又说："夫人貌比王嫱，才同文姬，我又何尝舍得？只是你我两国交兵，战事不休，致使生灵涂炭，可人民又有何罪？我想两国通好，才是万全之策，但此事非你丈夫而不能主持，我勉强割爱，实在也是万般无奈。"金兀术把狼子野心说得倒是冠冕堂皇，然后又取出一颗明珠送给王氏，并说以后见珠如见人。王氏知道事难挽回，但能回南国，未尝不是件好事，她留下几滴眼泪，又说了些依依不舍的话，金兀术便把秦桧叫入房中，如此这般对他们夫妇二人嘱咐一番，便命人送他们返回南朝了。

秦桧带着妻子王氏回到南宋，如同遇到大赦一般，心中十分窃喜，虽在金兀术面前表示愿意效力，但终不如回到本国自在。他假说是杀死看守，千辛万苦才逃回故国的，此说赢得不少人的同情。秦桧极善于察言观色，随机应变，很快便混入朝中，又多方钻营打探，得知高宗赵构的脾气秉性，专门曲意奉承，投其所好，献上几篇主张议和的计策，很得高宗的赏识，两人一拍即合。不到一年，秦桧便从小官小吏升到宰相一职。从此，高宗对秦桧百般宠信，言听计从，至于丧师失地、父兄受辱、百姓流离等等，统统都在脑后。他一面让岳飞来议论纷纷，他不得不有所顾忌。而王氏又接着说："人言天地鬼神不可欺，不过都是一派胡说，而成者为王败者寇，才是真理，四海之内哪有什么公议？若怕旁人议论，只要属下占满要路，子孙充当史官，何愁不功德圆满，千秋万代？"

秦桧听了大喜，自己早有此意，而夫人更棋高一着，有此内助，不愁不成大事。他立刻命人准备酒筵，要与夫人对饮。而这时，专爱拍秦桧马屁的人前来求见。先来的是侍御罗汝楫，他想先探探丞相的口风，再决定如何行事，于是讨好秦府的管家，献上大礼再探消息。管家刚接过礼物，谏议大夫万俟卨也来了，又献上一堆玉器绸缎。管家抱着一堆财宝来到秦桧的专宠侍妾处打听，那侍妾也是个爱财的主儿，接过那些财宝，才说："老爷近日见奏章上有'岳飞'字样，便咬牙切齿，十分恼怒，家中人谁若误说一个'岳'字或'飞'字，即使音同，都会让老爷发火。又常听他和夫人咬耳密语，说什么'四太子''通和'等话。"管家听了，出来转告给罗、万二人，罗汝楫、万俟卨得到消息，十分高兴，中丞何铸也走来凑热闹，三人一起拜见秦桧。秦桧平日听惯了他们拍马溜须，本不想见他们，但又想这些人虽不会成大事，但专会出些阴损的招儿，对自己有帮助，并且还可从他们口中了解其他朝臣的动静。于是秦桧一挥手，便让三人进来了。

三人见了秦桧，一番弯腰曲膝，陪笑客套，才小心

秦 桧

地坐下来。秦桧说："老夫一向主张与金国通和，皇上也十分赞同，只是近日诸多大臣多有议论，不知三位有何见教？"三人听了唯有随声附和，当然支持丞相议和，并说全力相助。秦桧见了三人的姿态，非常满意，口里说为国为君，而实则是求苟安。三人都摸透了他的心思，说话也渐渐大胆起来。推杯换盏之际，罗汝楫说："听说赵鼎那老不死的，常在吉州军中满怀怨恨。还有那张俊闲职在家，也想东山再起。""胡铨也终日谈古论今，满腹牢骚，还把他谏阻议和的手稿刻了送人，连金邦都知道了。"万俟卨也赶紧说。何铸也不甘落后，说："那张九成力排和议，常与一个大慧和尚谈禅论道，也很不像样。"三人你一言我一语，纷纷诽谤主战的大臣将领，秦桧听了，十分受用。

见秦桧面露喜悦，万俟卨接着说："还听说那岳飞自恃本领高强，只知道厮杀，口中还时常念叨'忠义'二字，好像除了他，别人都不忠不义一样。"罗汝楫抢过话头，说："如今朝中大将，不过张、韩、刘、岳四人。张俊原是丞相门下，自是好说，韩、刘也是只知道上阵打仗，只有那岳飞，开口忠义，闭口报国，又作了什么诗文，找茬挑事的全是他。"秦桧听三人终于说到他想的正题，便放下酒杯，十分在意地说："我也见过岳飞的奏章，是个极多事的人。有他在，和议必不能成，只是他久负盛名，谁敢开口说他？”万俟卨是个极端的小人，只要能拍中秦桧的马屁，什么事都能干得出来。他见秦桧面有难色，心领神会，接口说道：“只要丞相作主，下官极愿效力，丞相太心慈手软，所以做事不够爽快，恐怕今后还要刚硬些。”这几句话正中秦桧的心坎，他不露声色地点点头，又亲自把盏，为三人斟酒，说：“如今时事，非议和不能安国，我等还须齐心协力，共图大事。”三人诚惶诚恐，既得丞相欢心，则尽力孝敬。这一群奸佞小人，勾结在一起，冠冕堂皇地商量着如何祸国殃民。

罗、万、何三人领了真经，心满意足地告辞。最得意的当是秦桧，内有夫人王氏出谋划策，外有这帮猢狲相助出力，不愁扳不倒岳飞，达不成和议。他高兴地坐在家里又独饮数杯，思量着如何写奏章，再倡议和。

而岳飞此刻正在军中操练兵马，前几日辞别皇帝时，高宗亲口把军事全部委任给他，岳飞大受鼓舞，准备一鼓作气，大败金军。大校场上，岳飞亲阅军队，临阵督师：“将士们，我们都是头顶天、脚踏地的热血男儿，岂容金人肆意践踏？如今国土失守，二帝蒙尘，这等奇耻大辱，我大宋子民又怎能坐视不理？如今一战，非比寻常，多年夙愿，尽在今时。望各位与我岳飞一起厉兵秣马，枕戈待旦，冲锋陷阵，直捣黄龙，定要金人还我河山！”一番话慷慨激昂，全军将士无不听之振奋。

岳飞又令全军操习演练，众将个个身披重铠，施展身手，唯有岳云一不小心从马上摔下来，岳飞大怒，要把儿子推出去斩了，一来怪他操练不慎，二来怕他影响士气，幸有众将求情，才免了岳云死罪，换以鞭责一百。罚了岳云后，岳飞又让他与张宪一起巡视军营，对有病的将士予以调治，不守军纪、扰民乱民的则斩首示众，二人领命而去。一时伤病者得到救治，犯法者严惩不贷。有个军士拿了百姓一捆干草，就被立时斩首；还有个军士从火中抢出百姓一领席子盖在粮车上，虽是为公犯法，也被岳飞狠心斩了。一时间军纪整饬，同仇敌忾，老百姓纷纷称赞岳家军是仁义之军。四川宣抚使吴玠是岳飞的朋友，知道岳飞要上战场打仗，特命人买了个美姬送到军中服侍岳飞，被岳飞婉言回拒。另外，岳飞还戒了平日爱饮酒的习惯，与将士约定等打败金军再开怀畅饮。岳家军全军上下，纪律严明，士气高昂。

金兀术带兵打到长江南岸，与岳家军在常州交战，岳飞指挥有度，将士奋勇杀敌，四战四捷，杀得金兀术大败。朝廷闻得捷报，高宗赐下一面“精忠”大旗嘉奖慰劳岳家军。而家中的妻女也心系战场，小姐银瓶夜以继日，特地为父亲赶绣了一件战袍，并为大军制了一面战旗，上书一个“岳”字，特命家仆送到阵前。岳飞同时收到皇上赐的大旗和女儿做的战旗战袍，非常高兴，下令先行官打“岳”字旗，而“精忠”大旗立在军中，作为帅旗，大旗不倒，则必能取胜。

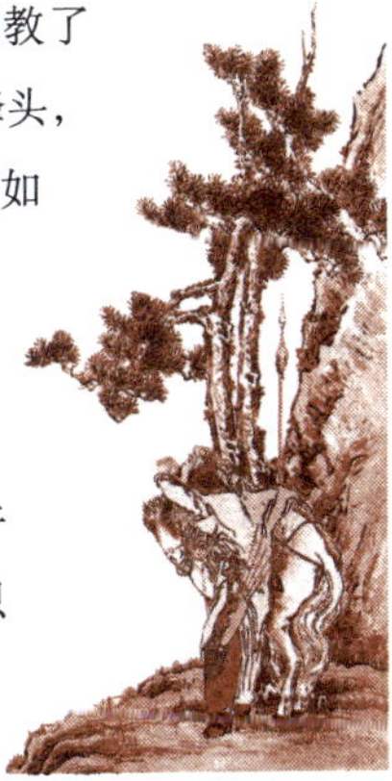

金兀术在常州吃了败仗，领教了岳飞的厉害，便打算避开岳家军锋头，改攻建康。而岳飞对此处地形了如指掌，他断定金兵不打常州，则必打建康，而攻打建康，则一定要经过牛头山，于是他下令将士日夜兼程，抢在金兵之前到牛头山，在山上设下埋伏。金兵只想避开岳家军，过牛头山时，也没细加考虑，便进了山，没想到岳家军在半山腰伏击而下，把个金兵杀得乱作一团，金兀术见岳家军从天而降，大吃一惊，以为敌方是有神助，他吓得赶紧撤兵，在众侍卫的护救下，逃出重围。

金兀术连吃败仗，并不甘心，他重整大军，使出他的王牌骑兵拐子马。这拐子马是三匹马以韦索相联，如墙并进，势难抵挡，马匹军士身穿重铠，刀箭不入，号称“铁浮图”。金兀术就是靠着这拐子马进兵南下灭掉北宋，占了宋朝半壁江山的。而岳飞连日率军攻克郾城，部下又攻克颍昌、陈州、郑州、洛阳等地，收复许多城镇，抗金取得前所未有的胜利，岳家军锋头正锐，势不可挡。金兀术探听到郾城兵力空虚，便亲率大军直扑而来。两军交战，金兵拐子马上阵，第一个回合，岳家军战败。岳飞知道了拐子马的厉害，他观察了拐子马阵容，一会儿便有了破敌之计。于是他下令重整三军，休息待命，传令挑选精壮步卒五千，每人只带麻扎短刀一把，藤牌一面，如此这般交待一番，即命他们上阵迎敌。

金兀术取得小胜，心中大喜，心想拐子马所向披靡，攻无不克，战无不胜，岳飞再厉害，也要做我手下败将。再次开战时，金兀术又让拐子马上阵，而岳家军五千兵卒一字排开，冲到阵前，不杀马上金兵，而低头弯腰，只砍马腿，马受伤倒地，一倒连三，金兵自然从马上摔下来，又身穿重甲，腿脚不利，岳家军这时再砍金兵头颅。拐子马没料到岳家军会有这样一招，马上金兵若护马腿，则岳家军跳起来便砍其脑袋；若只护脑袋，岳家军则弯下去直砍马腿，真是护上护不了下，顾前顾不了后。而岳家军步卒身穿轻甲，又有藤牌遮身，忽上忽下，左右腾跃，十分灵便，一时间几千骑拐子马被杀得片甲不留。岳飞又带领岳云从中阵冲进，又是一番砍杀，金兀术见岳飞杀来，顾不得许多，只得慌忙逃命，岳飞又追杀数千里，方收兵回城。

金兀术落荒而逃，见岳家军不再追赶，方敢停下来，他眼见着十万大军被杀得七零八落，不禁悲从中来。而最让他心痛的是拐子马乃他十年心血，多年与宋交战，全凭拐子马取胜，而今却被岳飞杀了个干净，金兀术悲痛地流下泪来。而手下残存的兵将尚心有余悸，生怕岳家军再度杀来，或在某处又下了埋伏，他们已被吓得草木皆兵，一有风吹草动，便怀疑是岳家军来了，就又是一路狂奔。小喽啰们被吓得更狠，只说：“我们赶快

谁胜谁负，还未可知。”秦桧说：“话虽如此，但我担心岳飞争强好胜，金人有失。倘若岳胜金败，你我如何是好？别说金人那边不好交代，恐怕我这丞相也做不成了。”王氏心里还没忘记金兀术，自然也不愿意看他吃败仗，她咬牙说：“相公，说来说去，都是那岳飞从中作梗，要想天下太平，必须除掉此人。若他再胜，你可设计把他召回，让他离开战场，我们才好施展手脚。”秦桧一心想阻止岳飞抗金，却不知如何下手，听王氏这样说，才有了主意，这对奸夫妻又商量一阵，才各自歇息。

第二天，秦桧一早上朝，王氏坐在家中想起当年与金兀术的欢好，不由得引发旧情。她时刻关心战事，唯愿议和成功，只恨岳飞一味厮杀，屡战屡胜，说什么她也不能眼看着金兀术吃败仗，昨天与丈夫商量着设计召回岳飞，但不知今日他会不会动手，所以她心里有些着急，不免盼秦桧早点回来。王氏正胡思乱想，贴身丫鬟箜篌跑进来，递给她一颗蜡丸，说是一个相貌古怪、说话古怪的男子送来的。王氏猜到是四太子金兀术的密信，她打开蜡丸，展开书信，果然是金兀术让她帮助秦桧促成议和，她想到金兀术没有忘了她，心中又是高兴，又是为他担心。为了不让他吃亏，王氏决意催促秦桧赶快行事。而秦桧回家后，同样收到一颗蜡丸，也是金兀术要他早定议和之事。当年金兀术放他回国，就把这件事交给他，而多年过去，秦桧身为南宋宰相，当然不必再听金兀术的命令，但议和之事确实也关乎自己的命运，他必须与金兀术内外夹攻，才能达成此事。所以秦桧又与王氏聚到书房，密谋商议，王氏比他还着急，催促说："如今形势危急，相公不可再有顾忌，无论如何也要想个法子，让众人罢战主和。"秦桧思索半天，想出一条奸计，说："如今大局已定，皇上已经心安，我可假传圣旨，速发一面金牌，召岳飞回朝，他若不回，我则发两面，两面不成，则发五面、十面……不怕他不回来，他若真的敢不回，我们倒好办，给他来个抗旨论处。"王氏一听，会心而笑，心想自己丈夫越来越老练了。

而岳飞此刻正驻扎在朱仙镇，自出战以来，连连大捷，一路势如破竹，所向披靡，已将金兵赶过长江，并继续追杀，要把金人打过黄河，收复京师汴梁。朱仙镇距汴梁不过四五十里，眼见恢复中原有望，岳飞心里更加畅快，他决心与金兀术一战到底，彻底打败金军，直捣对方黄龙府，迎回徽、钦二帝，收复大好河山。这其间，金兀术几次险些被捉，岳家军信心百倍，岳飞一面命人联络两河各路抗金豪杰，一面安抚逃难的老弱妇孺，稳定人心。而正当岳飞在军中与岳云、张宪等商量进军大计时，秦桧的第一面金牌就传下来了。

岳 飞

一个太监来到岳飞帐中，宣读圣旨："诏曰：尔河北制置武昌郡公少保岳飞，久在行间，屡建奇迹，今特加尔太尉同知枢密院事，即日班师回京，以慰朕念。钦此。”听到“班师回京”一句，岳飞耳际犹如响了一个霹雳，他万万没想到在这紧要关头，皇上竟要他撤兵。岳飞接过圣旨，还在怀疑，并问使臣皇上为何让他班师，而使臣只说是奉命行事，其他不知。岳飞仰天长叹：“十年之功，毁于一旦！皇上啊！不是我岳飞不忠无用，是朝中奸臣误了您啊！”岳云、张宪等将领也愤愤不平。正说着，第二道催回的金牌又到，岳飞尚未接旨，第三道、第四道又到了，三位使臣先后宣读圣旨，催促岳飞回朝。这时探子来报，说金兀术又率金兵前来讨战，岳飞遥望汴京，黄沙滚滚，尘土飞扬，他顾不得那么多，立刻上马，命三军出发，准备迎敌。三位使臣马上拦住岳飞说：“太尉使不得，朝廷只叫班师，未让迎敌，请太尉三思，以免后悔！”众将听了大怒：“敌人已到跟前，岂有逗留观望之理！元帅，请赶快升帐点兵。”岳飞命人把三位使臣拉住，说：“各位稍候，待我杀退金兵，再还师不迟！”说完，便亲率军队迎击金兀术。

金兀术早探听到秦桧发下催岳飞回朝的金牌，本想趁此机会占领朱仙镇，但没想到岳飞没走，又带兵出来迎战，一时两军厮杀，炮响鼓鸣，震天动地，不到半个时辰，金兀术又大败而去。岳飞杀退金兵后，第五道、第六道金牌早在帐中等候，镇里镇外的百姓听说朝廷要岳飞撤兵，纷纷赶来，见了岳飞，跪地哭道：“我等久陷敌手，惨遭蹂躏，幸得岳家军来了，我们才重见天日。今闻朝廷要元帅撤兵，我们不知是何缘故，特来挽留。”说着，一群人都跪在岳飞马前，并齐声说道：“我等愿跟随岳家军去打金兵，望元帅切莫班师！”岳飞下马扶起众人，忍痛说：“岳飞不愿回朝，但朝廷金牌已下，我怎能违抗！”众百姓则说：“岳元帅，管他什么金牌，当朝皇帝是主上，二帝也是主上，请看在二帝面上，救救我们百姓吧。”说完，四面哭声又起，岳飞也早已泪流满面，说：“我与父老乡亲情同鱼水，又何忍相弃？今日之事，实在是迫于无奈。”

岳家军众将士也十分义愤，纷纷跪下说：“元帅，将在外，君命有所不受。若元帅领兵，我等情愿效死，把金人打回老家，只要大获全胜，光复河山，又何罪之有？”岳飞正待说话，第七、八道金牌又传到，同是速召岳飞还朝，并说若要停留，便论罪处治。众百姓又围住使臣哭诉，要他们把民意转告给皇上，使臣见状，也十分同情，悄悄告诉岳飞，这是秦丞相的意思，若不回朝恐怕会有更大的阴谋，使臣又劝众百姓回去，不要再挽留，否则会害了岳元帅。这两位使臣还未走，又有两位捧着第九、十道金牌来了，并说韩世忠、刘琦两位元帅已经奉命班师，岳飞已成了孤军，他们要在军前等岳飞下令回朝。岳飞一听韩、刘二人已经收兵，知道班师已成定局，不由得大哭：“罢了，罢了，我岳飞死不足惜，只是这些黎民百姓，又要落入虎狼

【千秋绝艳图】卷 局部［明］佚名　中国历史博物院藏　75－3

【千秋绝艳图】卷 局部 [明] 佚名 中国历史博物馆藏 75-3

之口，叫我如何忍心？”又哭道：“只怕我这一去，二帝永无还京之日了。”使臣在旁等得不耐烦了，说：“你开口二帝，闭口二帝，二帝是大家的，难道是你一个人的不成？若再迟疑，惹恼了当今圣上，恐怕悔之晚矣。”

韩世忠

岳飞心里清楚，大势已经不可挽回，今日金牌频频传下，其后必有阴谋。眼见十几年的心血，付之流水，岳飞心上好似刀割，他面向北方，三拜九叩，泪落如雨，众将也捶胸顿足，泣不成声。这时，朝廷司农少卿李若虚又捧着第十一道金牌来到，说金人答应议和，前方不便留兵，要岳飞不要再逗留，以免误国。岳飞不再说什么，只双手作揖说：“也罢，先生请行，我等在此再住几日，待父老乡亲收拾行装，随军而行，以免惨遭敌手。”李若虚传此圣旨，也是十分无奈，他深知岳飞的难处，也敬重岳飞的忠心，放下圣旨，便告辞回去了。

李若虚刚走，两河豪杰韦铨、李通策马奔来，跪在岳飞面前说：“我们两河义兵数万人，全都依靠元帅一齐破贼，如今一旦班师，大事难成，我等不如现在就伏剑而死。”说着，就要拔剑自刎。岳飞急忙拦住说：“二位不要莽撞，暂随大军南下，伺机另图再举吧。”说完又让百姓莫再啼哭，回去收拾东西，赶快南行，白已带兵压后，以防金兵前来追袭，害了这些百姓。众人谢过岳飞救命之恩，只好纷纷回去收拾行装逃命去了。岳飞又设香案，哭拜二帝。夜幕降临，阴云密布，第十二道金牌传下，勒取岳飞还朝，若再迟疑，即以抗旨论罪。岳飞万般无奈，传令三军保护父老乡亲先行，即刻班师回朝，一场收复中原迎回二帝的抗金大业，发展得轰轰烈烈，结束得却是如此仓促！千秋功业，抱负忠心，皆毁于一旦，大军撤退，朱仙镇陷入一场倾盆大雨之中。

岳飞刚刚收兵南返，金兀术便带兵南下，再次攻占了岳家军收复的失地，岳飞多年征战打下的战果一时间全成泡影。金兵所到之处，肆意杀戮，各城内血流成河，尸横遍野，惨不忍睹，举国上下，无不哭骂秦桧国贼。

而秦桧终于以十二道金牌将岳飞召回，总算长出了一口气。为防备岳飞日后生事，他又密奏高宗，夺了岳飞、韩世忠等人的兵权。但岳飞活着一天，秦桧便不能安心，和议之策也难以推行，所以他下一步，就是要除掉岳飞，只是岳飞功名在外，一时不好下手。

新任枢密使张俊，本是同岳飞一样在外征战的大将，但此人心胸狭窄，嫉贤妒能，看岳飞声名远扬，他更是恨在心头，又曾与岳飞有过过节，便准备伺机报复。张俊深知秦桧忌恨岳飞，便常跑到秦桧面前煽风点火，秦桧也正需要人帮忙，也有意拉拢他。这天，张俊又来到丞相府，秦桧说：“老夫议和，原是为国为民，但是众将却竭力反对，若不是张大人鼎力相助，老夫就没有帮手了。”张俊奉承说：“丞相深谋远虑，自然与那些目光短浅之辈不同。其实即使南朝称臣，对皇上又有何损伤？难道背着一个虚名，不肯屈就，反倒比沦为阶下囚强？那些将领不从大处着眼，只管向前厮杀，无非是贪恋兵权，又有几个像丞相这样真心为国为民的？”这马屁拍得恰到好处，秦桧听了自然也十分受用，他又试探着说：“大人与岳飞同列齐名，想来一定是志同道合了，为何他屡次主战，阻我议和？”一提岳飞，张俊便气不打一处来，竟破口大骂，完全不顾自己的身份，并把以往与岳飞的过节一一说出来，将自己的过错硬栽到岳飞头上。秦桧见他上钩，也进一步数落岳飞的不是，两人的话都说到对方的心坎处，除掉岳飞，势在必行。最后秦桧装出为难的样子说：“岳飞素来对老夫不敬，怀有二心，只是他久负盛名，要想除掉他，一时难有良策。”张俊则说：“丞相若不嫌弃，晚生倒有一计，定可平地风起三尺浪，叫岳飞有口难辩，死无葬身之地！”然后凑到秦桧身旁，如此这般耳语了一番，秦桧听了大喜，就依张俊的计策行事。

第二天，张俊将原属岳飞的部下王贵、王俊传到丞相府。两人见了秦桧，秦桧劈头就问二人是否前来告密。王贵一时迷惑，摸不着头脑；王俊是油头滑脑之人，一看情势不对便点头称是。张俊掏出一张诬告张宪替岳飞讨还兵权的密信，让二人签字。王贵起初坚决不肯，秦桧又对他威逼利诱，但他还是不肯就范，心想：岳飞忠心为国，怎么会谋反？我又怎能昧着良心，将他陷害？秦桧见他不肯从命，恼羞万怒，“你要是不从，就和张宪一起，我先把你斩了。”王贵一时惜命，万般无奈，同王俊一起在密信上签了字。

第一步完成，张俊即刻捉拿张宪，并僭越权限到大理寺借来刑具，私审张宪，要张宪招认岳飞谋反。而张宪随同岳飞征战多年，情同父子，岂肯如此出卖陷害岳飞？他被打得遍体鳞伤，血肉模糊，仍是拒不招认。秦桧怕此计中途生变，又向高宗进了谗言，高宗也怕岳飞功高震主，便下了捉拿岳飞的圣旨，并让大将杨存中前去拘捕。杨存中是岳飞的八拜好友，知道岳飞是被冤枉，怕他受皮肉之苦，私劝岳飞自裁。而岳飞自张宪被拿走，便知道自己难逃此劫，但他问心无愧，岂肯轻意自杀？他安慰杨存中说：“秦桧奸计，我早已得知，我想苍天有眼，不会冤陷忠臣，我平生忠心为国，又何惧之有？若遭不幸，逃避也无济于事。我若轻生，则人必说我畏罪自杀，我要留下这条性命，倘若能得生还，我还要报效国家，战死疆场。”杨存中眼泪汪汪，只得命人逮捕了岳飞、岳云父子。夫人李氏和银瓶出来，抱住二人大哭，岳飞安慰夫人、女儿不要悲伤，说道：“大丈夫死则死尔，我一生忠信仁义，一心为国，即使死了，也死而无憾！”母女俩听了此话，又是痛哭，知道这一别可能就是死别，夫人抓住岳飞的衣袖不肯放手。岳飞则掰开夫人的手，让银瓶好好照顾母亲，毅然随杨存中离去。

岳飞父子被押进大理寺，与张宪关在一起，此时张宪已被折磨得不成人形，他衣衫破碎，血迹斑斑，全不是战场上奋勇杀敌的威风模样。岳飞、岳云见他如此，心痛得泪流满面。而秦桧听说岳家父子已经拿到，非常高兴，他让大理寺丞李若朴审理此案，定要给岳飞定下叛逆谋反的罪名。而李若朴是个正直的官员，他不肯趋炎附势，陷害忠良，更不想在自己手下制造千古奇冤，秦桧逼他审案，他为岳飞据理力争，最后愤然辞官，摘了乌纱帽而去。

秦桧又气又恼，只得让御史中丞何铸来审岳飞，而何铸虽然一向对秦桧奉承巴结，这次却不愿揽这件棘手的事儿，他知道岳飞是尽忠报国的忠臣，怕审了岳飞自己留下千古骂名，犹豫再三，最后只好托病推辞。

李若朴弃官而去，何铸称病不起，岳飞虽是抓起来了，但无人审案，秦桧十分恼火。这时，谏议大夫万俟卨瞅准这是个巴结秦桧的好机会，便来到丞相府。秦桧正在发愁，见万俟卨主动请求审理岳飞的案子，自然非常高兴。而万俟卨是个十足的小人，为了高官厚禄，荣华富贵，他是什么事都做得出来的，至于忠信仁义、报效国家等等都不在他考虑范围之内。万俟卨摸透了秦桧的心思，知道秦桧要将岳飞置于死地，他便投其所好，使出各种毒计辣招，折磨拷打岳飞。而岳飞铮铮铁骨，一身正气，他自知已无生还的机会，但自己一生忠心为国，死则死矣，绝不肯背上谋逆的罪名，所以面对严刑拷打，岳飞坚贞不屈。岳云和张宪同样也是拒不招认，三人都被打得皮开肉绽，血肉模糊，但酷刑却无法让他们开口。万俟卨气急败坏，见三人不肯招供，只有用更残酷的刑罚折磨他们，最后竟自己替他们罗织好罪名，写成供状，并替三人画了押，这场审案才算了结。

岳飞被抓进大牢严刑拷打，朝中大臣多半为他鸣不平，但大都不敢站出来说话，唯有韩世忠亲自到丞相府与秦桧理论。韩世忠是与岳飞齐名的战将，他力主抗金，反对议和，曾多次上书，指斥秦桧，后来被夺了兵权，眼见恢复中原无望，心中十分愤恨。他听说岳飞被抓进大狱，心里实在气不过，便来质问秦桧，希望能救出岳飞。而秦桧面对韩世忠的诘问，当然拿不出岳飞谋反的证据，只有一味栽赃陷害，最后竟用“莫须有”三字为岳飞定下罪名。韩世忠气愤已极，愤然说：“‘莫须有’三字，何以服天下？何况岳飞平生忠义，上无愧于天，下无愧于地，岂有谋反之理？他抗击金人，功勋卓越，百姓敬仰，朝廷依仗，又岂是‘莫须有’三字就能定罪的？”秦桧又是一番狡赖诬陷，极力要置岳飞于死地。韩世忠见他一副不问是非、只知害人的嘴脸，知道说不动他，只得拂袖离去，并辞官告老。

而岳飞在狱中受尽折磨，已苍老了许多，他多次被严刑拷打，反倒清醒了许多，自己死不足惜，让他痛心的是：迎回二帝，光复山河无望。想到秦桧弄权，只知取媚金人，置国家百姓于不顾，他心里又气又恨。在狱中多日，岳飞日夜啼哭，他不哭自己，而是为朝廷为国家而哭。

转眼进入腊月，又快到新年，秦桧关押了岳飞，并巧舌如簧，说动了高宗，议和眼见成功，他心中十分得意。但要真正除去岳飞，还得花点心思，把判词写得周全，堵住众人之口才好，他在家中的东窗下踱来踱去，一时想不出好的计策。这时，王氏走来，得知他为岳飞的案子苦恼，则冷笑说："相公如此瞻前顾后，裹足不前，岂不知放虎容易，捉虎难？就算是冤枉他，又能怎么样？你这样怕人议论，可哪个又会饶过你？不如就把岳飞杀了，看还有谁不怕死？"王氏一番话，秦桧如梦方醒，心想这样倒也干脆，于是立刻派人到大理寺送信，秘密杀害岳飞。

狱卒隗顺与岳飞相处多日，也知道岳飞是忠臣，当得到要让他毒死岳飞的消息，他不忍下手，见到岳飞就先泪流满面。岳飞自知大限已到，他跪下又拜了二帝，然后将毒酒一饮而尽，一代忠臣良将就这样死于奸佞之手，真是可悲可叹，可哀可泣！万俟卨见岳飞已死，便十分高兴地去向秦桧报信了，并让狱卒把岳飞的尸首弃掷荒野。隗顺不忍见忠臣暴尸，便偷偷将岳飞葬在城外，并在坟边栽下两棵橘树。

岳飞死后，秦桧又让万俟卨杀了岳云、张宪，并查抄岳飞全家，银瓶与岳飞夫人都跳井自杀，岳家其他四个儿子都被发配到岭南充军。秦桧又暗地里买通押差，将岳雷、岳霖害死，岳震病死，岳霭也自尽身亡。至此，岳家一门八口都死于秦桧及一帮走狗之手，唯有岳飞的孙儿岳珂由老管家抱走，死里逃生。

秦桧杀了岳飞，除了后患，终于心满意足。金兀术南下议和成功，高宗献表称臣，割了唐、邓、关、陕等州给大金，留得半壁江山苟延残喘。秦桧在朝中一手遮天，气焰更加嚣张，但他遂了心愿，也遭了报应。一日，他带王氏及张俊、万俟卨等人游西湖，忽见岳飞披发仗剑，领一群鬼兵来取他性命，他吓得大叫，再睁开眼，又什么都没有。自此，秦桧精神恍惚，一病不起，连早朝都不能上了，病中他还想陷害与岳飞有关的其他忠臣，但最终一命呜呼。秦桧死后，王氏担心谋害岳飞的事情败露，没过几天，也即死去。张俊、万俟卨等人也莫名其妙地见了阎王，作恶者终于都有了恶报。

宋孝宗

二十年后，岳珂长大成人，此时已是孝宗在位。岳珂来到朝中，联合其他大臣，为祖父岳飞平反昭雪。孝宗追封岳飞为太

师，谥号忠武，并命人根据当年隗顺留下的记号，找到岳飞尸骨，改葬于西湖栖霞岭下，修建了岳庙。百姓痛恨秦桧误国误民，残害忠良，遂铸成秦桧、王氏、张俊、万俟卨四个铁人像，跪在岳飞坟前，至今已跪了几百年。

【赏析】

冯梦龙（1754－1646），字犹龙，室名墨憨斋，又号憨斋主人，江苏吴县人。他所编订的三部白话短篇小说集《喻世明言》《警世通言》《醒世恒言》，代表了我国古代白话短篇小说的成就。另外，他还著有传奇《双雄记》《万事足》。经他改编、修订的戏曲有十种，《精忠旗》即是其中一种。

《精忠旗》原属西陵李梅实草创，后经冯梦龙修改、编订而成，它是根据宋王朝抗金史上内外矛盾最为激烈的一段史实创作编成的一部悲剧。北宋末年，金兵大举南下，攻破汴京，掳掠宋徽宗、宋钦宗及后宫嫔妃、朝中大臣等数千人北归。北宋灭亡，康王赵构仓促渡江，在杭州建立南宋王朝，史称宋高宗。而岳飞作为一名战将，面对国君被俘、土地沦陷、生灵涂炭的耻辱局面，刺字明志，誓死抗金。他治军严明，谋略有方，作战英勇无畏，常常出奇制胜，连破金兀术的侵宋法宝“铁浮图”和“拐子马”，杀得金兵节节败退，收复许多失地。高宗亲赐“精忠”大旗，以示鼓舞嘉奖，岳飞连战连捷，准备在河南开封附近的朱仙镇与金兵决战，大破金军，渡河北上，直捣黄龙府，迎回二帝。眼看河山得复，中原有望，而此时，曾被金兵俘获，因首倡“议和”而又被金兀术放归南朝的秦桧，经过数年钻营，早已爬上南宋宰相的高位，他为保住自己的相位名利，使出卑鄙手段，伪造圣旨，连发十二道金牌，召回正在战场抗金的岳家军，使抗金大业毁于一旦，岳飞的抱负也功亏一篑。高宗惧怕金人南下，夺了他的帝位，又怕迎回父兄，自己也做不成皇帝。所以他一方面让岳飞抗金，一方面又同秦桧商定议和，只满足于半壁江山。岳飞被召回后，秦桧又撺掇高宗夺了岳飞、韩世忠等战将的兵权。至此，秦桧仍不放心，为了彻底消除岳飞对自己的威胁，他又利用张俊、万俟卨等小人的卑鄙心理，让他们给岳飞罗织谋反等罪名，将岳飞逮捕入狱。秦桧置天理、人性于不顾，公然制造了千古冤案。岳飞被毒死狱中，手下部将岳云、张宪也被杀害，岳家满门皆陆续死于秦桧之手。而秦桧等人害死岳飞后，也相继死去，如同报应一般。二十年后，孝宗即位，死里逃生的岳飞之孙岳珂长大成人，他来到朝廷，为祖父平反昭雪，孝宗追封岳飞为太师，修建岳庙，岳飞谥号忠武。百姓铸成秦桧、王氏、张俊、万俟卨四个铁人像，跪在岳飞坟前，一直跪了几百年。

《精忠旗》是截取历史而成的一部悲剧，历史的大变动下，忠奸相互斗争，一个为保国，一个为存己，一番较量后，保国者却被存己者所诬所害。奸人总能钻上空子，占据要位，将妨碍他们利益的人一一除去，而忠者只知尽忠为国，一切行事都守礼守法。所以要论要阴谋手段，忠者自然比不上奸人，最终都要败在奸人手下。而忠奸相斗的背后是皇权，皇权偏向哪一边，或者说哪一方更会利用皇权，则哪一方就会取胜。历来岳飞之死，矛头都指向秦桧，秦桧被千夫所指，万夫所骂，而实际害死岳飞的不是秦桧，而是高宗，是皇权，秦桧充其量只是个帮凶而已。高宗在历史变动下，仓促之间称帝，可谓是得了历史的空隙，若不是金兵南下，徽、钦二帝被俘，哪轮得上他当皇帝？所以他是最不希望迎回二帝的，他让岳飞抗金，只是要保住半壁江山而已。当岳飞大败金军，要迎回二帝时，他便害怕了。秦桧假传圣旨连发十二道金牌，召回岳飞，实际并非假传，而是高宗的本意。高宗作为一国之君，并没糊涂到任意让秦桧弄权的地步，而是借秦桧之手保住自己的帝位，他才是真正掌握生死大权的人。秦桧暗杀岳飞，若不是得到高宗的默许，又怎能成事？在高宗眼里，抗击金军，使之不再南下就可以了，而岳飞却不识趣，偏偏打出“迎回二帝”的旗号，这怎能不让他先用之而后杀之，在皇权的压制杀戮下，岳飞是没有反抗能力的。

岳飞作为一位战将，在国家民族危亡之际，挺身而出，以身许国，南征北战，屡立战功，而最终蒙受冤屈，以致从容赴死，似乎是对最高统治者毫无怨言，但实际上岳飞并不是不明白最高统治者不顾国耻，有意偏安的心理，他只是太中规中矩，不会曲意逢迎，而以“忠义”为行事准则。为了忠义，他誓死抗金，在战场上南征北战；又因为忠义，他无奈撤兵回朝，听从皇帝的命令。当最高统治者的意愿与他的忠义相符合时，他便能实现“忠义”；而二者相悖时，他的“忠义”就要被扼杀。岳飞身处矛盾斗争之中，他是明白这一点的，正是因为明白，他才从容赴死，以死来向幕后的操作者高宗抗议、呐喊。岳飞这样的铮铮铁骨，一生抱负未成，他是绝不肯苟且偷生的，让他苟活，不如让他赴死，“宁鸣而死，不默而生”，这是典型的铁骨硬汉。

岳飞历来被视为“忠义”的象征，甚至当成神来膜拜，这是人类的一种美好心愿。而秦桧自然被视为“奸佞”的典型。秦桧的奸诈是在复杂的变化中逐步揭示出来的，在北国军帐中金兀术面前，他首倡议和，是想早回中原，而回来后力主议和，与其说是报答金人的恩情或慑于金人的淫威，不如说是他摸准高宗的心思而投机逢迎以爬上高位，凭他的聪明，这当然不是难事。他与高宗可谓是一拍即合，阻挠抗金以致害死岳飞，既是为保住自己的相位，也是禀承了高宗的意思。

自古以来，忠奸总是相伴相存，相抗相生，无忠不显奸，无奸也不显忠。忠者为奸者所害，后来者又为忠者平反，惩治奸者，这是忠奸相较的模式。在封建王朝，忠者只能在被害后，由后人为之申冤，而不能在事前扼制奸者作恶，这就是历史与社会的真正悲剧。

桃花扇

明崇祯末年，奸臣当道，朝政混乱，内有李闯王农民军起义，声势浩大；外有北部满清政权崛起，窥视中原。内忧外患之际，整个大明王朝风雨飘摇，苟延残喘。一段才子佳人的爱情悲剧就在这乱世之中上演，凄美动人，可歌可泣。

南京城的阳春三月，草长莺飞，落英缤纷，正是春色最好的时候。莫愁湖畔客居着一位游学的公子，他姓侯名方域，字朝宗，河南商丘人。祖上几代为官，父亲曾是东林党的重要人物，他则是江南复社的才子，才华出众，风流俊雅，英气逼人。侯方域去年来南京应试，没有考中，又因战乱四起，难以和家里通音信，便暂时留居在这里。如今又是一年春天，他忧国思家，不免生出些离愁别恨。幸亏有复社社友陈定生、吴次尾等人与他时常交往，大家一起论诗作赋，指点江山，又有说书艺人柳敬亭、唱曲艺人苏昆生等意气相投的朋友相互来往，侯方域客居他乡的日子才不至于太过寂寞。

距莫愁湖不远的秦淮河，是几百年来有名的胭脂红粉之地，这里青楼林立，游人如织，许多烟花女子在这里倚楼卖笑。河边无数的青楼妓院中，有一座媚香楼，楼主李贞丽，也曾是这一带大红大紫过的名妓，只是如

今人老珠黄，才不再做那迎来送往的生意。她十几年前领养了一个女儿，起名李香君，现在已是二八年华，出落得娇柔纤小，美貌无双。李贞丽拿她当亲生女儿，十分疼爱，找人教她琴棋书画、诗书礼仪，不曾让她接过客，一心想给她找个有钱的风流少年，并使自己也可以得到一大笔银子养老送终。而香君虽处于风月场中，但平常结交的都是社会名流。对一些国家大事也非常有见解，而且性格刚烈，不随流俗。时间一久，她的芳名便被许多人知道，人们都争着想看看她的芳容。

侯方域还有位朋友叫杨龙友，是权臣马士英的妹夫，此人八面玲珑，既结交名士，又和权贵密切来往。他与香君妈妈李贞丽十分熟识，所以对香君的情况也非常了解。这一天，他和侯方域等人一起游玩，便对侯公子说起香君如何美貌聪慧，风华绝代。苏昆生也在一旁随声附和，称赞香君聪明伶俐，举世无双。原来苏昆生是香君的教曲师父，自然也对香君十分了解。他和柳敬亭都曾是魏忠贤的干儿子阮大铖的门客，后来听说阮大铖和魏忠贤是一路货色，他们俩便和其他艺人纷纷从阮家出来，不再和阮某为伍。苏昆生宁愿教青楼女子唱曲，也不愿再做阮大铖的帮闲，侯方域和其他社友敬重他们的气节，才和他们结成朋友。

这时，侯方域听杨、苏二人把李香君说得天上少见，地上没有，便不由得动了心思，他年过二十，也想找一个红粉佳人陪伴。杨龙友看透了他的心思，便替他到媚香楼来说合。李贞丽一听是江南才子侯方域看中了自己女儿，当然十分乐意。香君也听说侯公子风流倜傥，才华横溢，心里也非常高兴，后来，在众人的撮合下，侯、李二人见了面，成了亲，两人都觉得对方比传说中的还要好，都有相见恨晚之意，一时间情浓意浓，恩爱无比。新婚之夜，侯方域送给香君一把白纱宫扇作为定情之物，并在上面题了一首诗："夹道朱楼一径斜，王孙初御富平车。春溪尽是辛夷树，不及东风桃李花。"香君珍重地把扇子收藏起来。侯方域本是客居南京，没有多少资财，他和香君成亲的一切费用都是杨龙友出的，杨龙友还送了香君几箱衣物、首饰做嫁妆。他如此慷慨解囊，香君有些奇怪，便问侯方域是什么缘故，侯方域起初只以为是杨龙友好意帮他，经香君一问，才觉得确实有些蹊跷。第二天，杨龙友来贺喜，香君先谢过他，然后又说："杨老爷，承蒙你为我们操办婚事，又添置妆奁，我们感激不尽。只是您施舍无名，所以今天问个明白，以后我们也好报答。"侯方域也说："小弟与杨兄萍水相交，你送我这样大的一个人情，我实在有点受之不安。"杨龙友见他们这样说，也就顺势道出了真情，说："你们成亲的银

两和妆奁，的确不是我出的，而是阮大铖出的。”侯方域一听大惑不解，说：“阮大铖投靠魏党，趋炎附势，我早已与这种人断绝了来往，他为什么要这样做？”

这事还得从头说起，要说这阮大铖也是个读书人，明万历年间的进士。但他趋炎附势，见风使舵，缺少读书人的骨气，曾拜在魏忠贤的门下，甘愿做魏党的走狗，为有节之士所不耻。后来魏忠贤被杀，余党被除，阮大铖虽幸免一死，但也被罢免了官职，整天在家夹着尾巴过日子，他总想有个出头之日。这天，吴次尾、陈定生等复社成员及其他书生秀才在文庙祭奠孔子，阮大铖也跑过去凑热闹，结果被吴、陈等人发现，把他羞辱痛打了一顿。他狼狈地逃回家，又羞又恨，心想照这样下去，他连门都不敢出了。杨龙友是阮大铖的盟弟，替他出了主意，说要让陈定生、吴次尾等人不再和他作对，只有一个人可以劝服他们，这人就是侯方域。侯方域同样是复社才子，也是陈、吴二人的好朋友，他说话是绝对有影响力的。目前侯方域正愁没有银两与李香君成亲，若阮大铖能出钱相助，侯方域领了人情，没有不帮忙的道理。阮大铖一听，这倒是个好办法，便慷慨地拿出三百两银子，让杨龙友出面筹办。

这就是事情的原委。但杨龙友当然不会实话实说，他只能替阮大铖辩护，说：“阮大铖也是有苦衷的，他昔日结交魏党是为了保护东林党人，但却被人误解为叛逆，现在他连日遭复社诸人羞辱，每天在家大哭，欲辩无门，说非侯公子不能救他，所以才趁此机会来结交。”侯方域一听就明白了是怎么回事，平日他是决不肯替阮大铖说话的，但今天用了人家的东西，就有些嘴软，说：“听杨兄这么说，他倒是有些可怜。就算真的是魏党，能够悔过也是可以原谅的。我明天就去找吴、陈二兄，替他辩解一番。”杨龙友见事情办成了，非常高兴。可在一旁的香君就不愿意了，她平日深明大义，是非分明，本想给杨龙友留个面子，但听侯方域竟然应承下来，就十分有气，沉下脸来说：“官人说的什么话！阮大铖攀附权奸，丧尽廉耻，连妇人、儿童都无不唾骂！官人竟然替他说话，将把自己放在什么位置？你的意思是他为我置办了些妆奁，就可以徇私废公，这几件珠钗衣裙，我李香君根本就不放在眼里！”说着，她就拔下头上的珠翠，脱去身上的绫罗衣衫，一起扔在地上，又说：“我香君不怕穷困，布衣粗裙，名自清香。”侯方域满脸羞愧，对香君肃然起敬，说：“那些复社朋友平日看重我的，就是这点节操，今天我若依附奸邪，连个妇人都不如了，还有什么脸面活在世上？”杨龙友被香君这样一闹，好不尴尬，只得让人把那几箱东西搬出媚香楼。李贞丽连叹可惜。而侯方域见香君余怒未消，说：“我看我们香君天香国色，脱了绫罗绸缎，更添十分容貌，越发可爱了！”香君这才破颜为笑，从此二人更加互相敬爱。

杨龙友回去把情况告诉阮大铖，阮大铖火冒三丈，恼羞万分，发誓一定要报此仇。当秦淮河畔还在歌舞升平的时候，四周烽烟已经熊熊燃起，外有清兵犯境，内有李闯王造反，又传说大将左良玉因粮饷不足，要带三十万军来抢南京，南京城里顿时一片恐慌。杨龙友来找侯方域商量，说侯方域的父亲是左良玉的恩师，他要一出面也许能阻止左良玉进兵。面对国家大事，侯方域不能推辞，便以父亲的名义给左良玉写了一封信，言辞激切，情理都在其中。柳敬亭自告奋勇，到军中给左良玉送信。

左良玉本是忠贞为国的大将,但却处处受权臣限制,他三十万大军粮草匮乏，才萌生了到南京补充粮饷的念头，而等他接到侯方域写的书信，也怕引起朝中慌乱，只得临时决定驻扎武汉。左良玉又见柳敬亭胆识过人，便把他留在军中做了谋士。

而侯方域一封信退却三十万大军的消息,传遍南京,大家都议论纷纷，敬佩不已，可就是这封书信改变了他和香君的命运。朝廷也风闻左良玉要进兵南京的事，一边给左良玉加官进爵，一边让南京附近的大小官员商议此事。这天，淮安漕抚史可法、凤阳督抚马士英等人齐聚议堂论事，杨龙友、阮大铖这些闲官也列席参加。到会的人人部分都是为自身安危看想,都怕左良玉的大兵,现在听说因为侯方域一封书信就让左良玉退兵了，大家都议论此事。史可法是由衷敬佩，而阮大铖却栽赃陷害，硬说侯方域和左良玉是暗中勾结,日后还会再攻夺南京。

杨龙友见他说得太过分了，便为侯方域辩解，而马士英也是个只贪富贵，不顾国家的主儿，平日早就忌恨复社那帮书生跟他作对，也想趁此机会除掉侯方域，所以他随声附和阮大铖。史可法在一旁听不下去了，勃然大怒，说："这都是无中生有的事情，阮先生是罢闲在家的人，怎么可以妄加评论？真是邪人说邪话，公议无公论！"说完，他拂袖而去。马、阮二人见史可法走了，便撺掇着派人捉拿侯方域。杨龙友一看说服不了他们俩，就急忙出来给侯方域报信，他虽然有时也附和阮大铖等人，但还没有他们那么坏，他觉得不能让侯方域受这种冤枉。

侯方域一听马士英等人要来捉拿他，有些惊慌，大家都劝他赶快逃走，他也有这种想法，但正和香君新婚燕尔，他实在有些舍不得。但香君却比较坚强，果断地说："官人一向以豪杰自诩，为什么在这危难的时候，倒儿女情长起来？"侯方域被她这样一激，只得收拾行囊，离开南京。临别时，两人都非常难过，香君一再叮嘱他保重身体，自己一定会等他回来。

侯方域出了南京城，便去投奔史可法。史可法一向欣赏他的才学和胆识，非常信任和器重他。不久，李闯王进京，崇祯皇帝自缢于万寿山，朝野一片混乱。马士英、阮大铖避开朝臣，伙同江北总兵高杰、黄得功、刘泽清等人，将福王迎进南京，准备让他登基，并派人给史可法送去了书信。侯方域一听要立福王为帝，便激烈反对，指出福王的三大罪状，并说出他有五个不可立的理由。

史可法

史可法非常同意侯方域的看法，就让他写信把“三大罪”“五不可立”说明，回绝了马、阮等人。但这些人不顾史可法等其他边外军将的反对，自行拥立福王做了弘光皇帝。新帝即位，马上论功行赏，马士英做了宰相，阮大铖也得了个光禄卿的官儿，这魏党余孽又死灰复燃了。

再说李香君自侯方域走后，她就再也不下媚香楼一步，脱去华丽衣服，只穿布衣粗裙，不施粉黛，立意为侯方域守节。她不招惹别人，自有别人惦记着她。马士英做了宰相，杨龙友因为是他的妹夫，也混了个礼部主事的官。他们俩的同乡田仰升了淮安漕抚，要花三百两银子买个江南名妓，把此事交给杨龙友来办。杨龙友就想到了香君，他这个昔日的媒人，又想打算为香君作一次媒。他自己不好去说，就托别的相熟的妓女去说合。香君一听，断然拒绝，她坚定为侯方域守节，是绝不肯再嫁别人的。杨龙友看她态度坚决，也就只好作罢。但此事传到马士英、阮大铖的耳朵里，他们不肯善罢甘休，侯方域跑了，就不能放过李香君。于是马、阮二人派了几个兵丁半夜去抢香君，杨龙友也跟着过来。李贞丽一看楼下几个人来势汹汹，知道官老爷惹不起，就只好劝香君改嫁。而香君誓死不从，拿出当日侯方域送她的宫扇来表明心迹。李贞丽怕斗不过田仰和马士英等人，就和杨龙友一起强拉香君下楼，香君拿起扇子乱打，最后一头向墙上撞去，顿时血流满面，晕倒在地。李贞丽大惊，急忙把香君抱到床上，大声呼唤。她本来就很疼爱香君，见她这个样子，更是十分心疼，不知道怎么办才好。杨龙友见识了香君的刚烈，又看香君血溅满地，连那白色宫扇也溅满了血花，知道硬来是不行的了，便想出让李贞丽替女儿出嫁的主意。李贞丽已是半老徐娘，能保护香君她倒也愿意，只是和香君相依为命十几年，她实在舍不下这个女儿。杨龙友又诉说了一番厉害，楼下也急着要人，李贞丽只好穿起新衣，替女儿出嫁了。杨龙友在一旁一口咬定她就是李香君，因为天黑灯暗，来人也辨不清年龄，就把李贞丽抬走了。

而香君昏睡了一夜，才苏醒过来，她想起昨夜之事，不禁泪流满面。侯郎避祸，至今没有消息，妈妈又替自己出嫁，从此母女分离，万般愁恨涌上心头。香君哭了半天，又想起侯方域送她的那把宫扇，见上面血迹斑斑，白纱已经被血点污坏了，她不禁又大哭起来。香君哭一阵，想一阵，不觉又昏昏沉沉地睡去。这时，杨龙友约了苏昆生来看望香君，见她睡着了，不忍心惊动她。又见了那把溅满血点的宫扇，他们俩都叹可惜。杨龙友看着看着，突发奇想，便提笔蘸墨

李香君

就着那扇上的点点血迹简单勾勒几笔，竟成几朵艳丽的折枝桃花。苏昆生大为惊叹，又采来几棵兰草，挤出嫩汁滴在扇上，滴成几片绿叶。这一番妙手天成，成就了一把饱含深意的桃花扇。香君醒来，看到扇子上的血迹被点染成桃花，又是感激，又是悲痛，说："桃花命薄，扇底飘零，岂不正是我的写照吗？"说着，又流下泪来。苏昆生深为香君的坚贞情操感动，表示愿为她寻访侯方域的下落。香君便让他带上这把桃花扇去找侯方域，说侯方域看到扇子，自会明白她的心境。苏昆生接过宫扇，就启程北上了。

此时，侯方域正在史可法的军中处理将帅内讧的事情。原来福王称帝，史可法被排挤出朝廷，但他不以个人荣辱为念，仍每天操练军队，准备迎击进犯的清兵。这天，他召集四镇总兵高杰、黄得功、刘泽清、刘良佐等人入帐，商讨保卫黄河、巩固京师的大计。可是这四人平日就矛盾重重，聚在一起就更加各不相让，你争我抢，甚至大动干戈，全然置国家安危于不顾。史可法气愤已极，但又不能拿他们怎么样，因为这几人手握重兵，保卫京师还得靠他们，所以只好从中调停安抚。无奈他一人敌不住四人异心，最后只好派高杰去防守黄河，其他三人各回自己的藩镇镇守，又怕高杰莽撞无知，难当大任，便让侯方域随他前往。

高杰来到河南，根本没把河防大事放在心上，也没把侯方域放在眼里，他不顾侯方域的劝谏，到了河南就把守河总兵臭骂了一顿。结果那总兵咽不下这口气，设计将高杰杀掉，然后投降了清兵，整个防河大军不战自败，侯方域在乱军中去向不明。

再说苏昆生别了香君，来河南寻找侯方域，不料正碰上大军溃败，他被人推到河里，整个人都要被淹没了，还高举着包裹，生怕包里的扇子被水浸湿。幸好有一条小船过来，把苏昆生救起。救他的不是别人，正是香君的妈妈李贞丽，原来李贞丽嫁到田家，起初还颇受田仰宠爱，但却被大老婆所不容，把她赶出来，她就嫁给了一个老兵，跟随老兵来到这里。故人见面，倍感亲切，李贞丽谈了自己的情况后，又询问香君怎么样了，苏昆生一一告诉她别后的情形。两人正谈论着，迎面又过来几条船，相互靠在一起，其中一条船上有人探出头来搭话，竟是侯方域。原来侯方域那天被高杰气出军帐，到一处乡园里住下，半夜里听到清兵渡河，他也只好跟着出逃，躲到这条船上。他听到隔壁船上有人说话，细听十分耳熟，就出船舱探问一下。真是无巧不成书，没想到三人竟在这里相遇。苏昆生把香君如何为他守节，誓死不嫁田仰，碰破额头，李贞丽如何替香君出嫁，杨龙友又如何把宫扇上的血迹描染成桃花的事，对侯方域详细地说了一遍，并拿出扇子让侯方域观看。侯方域望着扇上那朵朵桃花，知道都是香君的鲜血染成的，不禁落下泪来，哭着说："香君啊香君！你这一片痴情，让我今生今世如何报答呀！"三人又谈论了一会儿，等到外面稍微安定了，侯方域就急着回南京找香君。李贞丽留下来仍跟着老兵过日子，苏昆生则又随他一起赶回南京。

两人奔波数日，终于回到南京。侯方域急匆匆赶往媚香楼，却没想到那里已是人去楼空，早已不见了香君的踪影。他望着满院盛开的桃花，不禁悲从中来。媚香楼仍在，秦淮水空流，情景依旧，却已物是人非，他不知道他和香君，什么时候才能再相逢。侯方域正暗自悲叹，杨龙友闻讯赶来，向他诉说了香君的情形。

原来弘光帝即位，全然不把社稷安危放在心上，只知道吃喝玩乐，声色犬马。马士英、阮大铖等人为讨皇帝的欢心，选了一班歌妓，进宫为皇帝唱戏。香君虽然躲在楼上，但也没能逃过他们的罗网。这天马士英、阮大铖命人把搜罗来的歌妓带到跟前，他们要逐个挑选，选些漂亮的进宫排戏。他们俩挑来拣去，只看中了一个，这就是李香君。马、阮二人只知道香君其名，但没有真正见过她，所以并不知道眼前这人就是那个曾被他们逼嫁给田仰的李香君。两人见她颇有姿色，就想先享受一番，让她唱曲给他们听。香君见这两个狗贼凑在一起，就借唱曲把两人痛骂一顿，马、阮二人大怒，要拿她当东林党一派治罪。当时，杨龙友也在旁边作陪，他怕香君吃亏，急忙打圆场。而香君毫无惧色，说："是东林党人又怎么样？东林英雄，我们青楼女子也知道敬重，不像你们这帮干儿子重新起用，没绝了魏家的种！"一句话正戳到阮大铖的痛处，他跳起来把香君推到积雪里，又踢了她几脚，杨龙友赶忙把他拉开。马士英也非常生气，但他不想像阮大铖那样没身份，更不想让人说他堂堂宰相，竟然杀了一个妓女，他让人把香君送入宫中，拣最苦最累的角色让她演唱。从此香君进入宫，更难与侯方域见面，但她仍企盼有朝一日出宫，能和她的侯郎重逢。

侯方域听了香君的遭遇心疼不已，对香君的气节，也更加敬重。他不知道他的香君还要遭受多少磨难，伤怀感叹一番，他只好离开媚香楼。杨龙友又劝他不要在南京久留，因为马、阮等人正在寻机报复，若被他们发现，恐怕性命难保。侯方域和苏昆生难以在南京立足，就商量着到宜兴陈定生家里去。两人走到一条街的门前，正巧遇到陈定生和吴次尾。原来陈、吴二人继续在这里办着复社的事业。故友见面，真是大喜过望，四个人正高兴地谈论着，没想到冤家路窄，阮大铖也正好从门前路过，他在轿里看到“复社”字样，就叫人落轿，进门抓人，结果侯、吴、陈三人都被他抓住，送进大牢。阮大铖终于得到了报仇的机会，他是绝不肯放过他们的。

幸亏当时苏昆生逃脱，还有个营救他们的人。苏昆生想来想去，觉得只有左良玉能救得了他们，便日夜兼程，赶往湖广地区左良玉的军帐中。几天后他来到军营，设法见到左良玉，向左良玉讲明事情原委。苏昆生又与柳敬亭见了面，两人一起劝谏左良玉救人，除掉马、阮两个奸贼。左良玉也是为江山社稷担忧，便上书朝廷，

历数马士英、阮大铖的罪状，要求皇上立刻处治他们。不然的话，他将发兵南京。

马士英、阮大铖得到消息，顿时吓得面如土色，他们不怕清兵来攻，清兵来了，大不了投降。可他们却怕左良玉，左良玉要是来了，他们就真的没命了。两人不能等着左良玉来杀，商议半天，决定调正在抗击清兵的三镇兵马抗击左良玉。左良玉带着大军直奔南京，没想到半路遇到黄得功、刘良佐等人的截杀，自己儿子又在背后叛变。左良玉无颜再回江东，吐出几口鲜血，气死在江边上。他的部将带兵返回武汉，只有苏昆生一人抱着左良玉的尸首，对着浩浩江水痛哭。

再说史可法，他一人镇守扬州，手下只有三千兵马，听说左良玉已死，他知道中原一片空虚，难以抵挡得住南下的清兵。眼见大明王朝气数将尽，他这一心为国为民的肝胆忠臣，又急又恨，不由得放声大哭，直哭得天昏地暗，眼睛都滴出血来。军中将士本来已军心不稳，但经他这一哭，都感念他的忠心，又团结在一起，誓死抗敌。

史可法在扬州振奋军心，而南京城里却早已鸡飞狗跳，乱作一团。清兵渡过淮河，围住扬州，史可法向朝中告急。弘光皇帝接到消息，没有跟朝中大臣打招呼，自己先带后宫嫔妃、太监和金银财宝逃跑了。人们见皇帝都跑了，自己还等什么，特别是马士英和阮大铖两人更不会怠慢，他们俩也纷纷带上妻妾和家财逃出城去。可是这两人都没料到，平时他们耀武扬威，没人敢惹，可现在都是逃命的时候，谁还管他是什么宰相高官，一伙乱民见他们如此招摇，不管三七二十一，上去就抢，一会儿的功夫，就把他们的财物和妻妾都抢光了。又听说他们是马士英和阮大铖，早就恨透了他们俩，于是这些人又剥光了他们的衣服，暴打一顿。活该这两个狗贼落得如此下场！ 后来他俩一个让雷劈死，一个掉进山崖，真是恶有恶报！天网恢恢，疏而不漏。

而弘光皇帝逃出南京后，如丧家之犬一般连日奔波，妃嫔和太监们都渐渐走散了，他成了真正的孤家寡人，无处投奔，只好狼狈地来到黄得功的军营。黄得功本来还想保这位皇帝，但无奈手下部将起了异心，打伤黄得功，抢了弘光皇帝献给清军。黄得功无力回天，自刎而死。

再说扬州史可法带领将士浴血奋战，终因寡不敌众而全军覆没，史可法打算追随将士们一起去赴黄泉，可他还惦念着南京城的皇帝，又忍辱负重想到南京保驾。可他逃到长江边上，听说皇帝已经逃跑三天，南京已成了一座空城。史可法空有一颗报国之心，但奋战了这么多年，大明王朝还是全部垮掉了，他悲愤已极，跳江自尽，以身殉国。

在这改朝换代、极度动乱之时，个人命运已经微乎其微了。皇帝逃走的时候，宫中一片大乱，李香君和其他姐妹们一起逃出来。她来到媚香楼，知道这里已经无法安身，正不知道该怎么办，苏昆生赶来了。苏昆生是掩埋了左良玉的尸首后来到这里的，他对香君讲了遇到侯方域后发生的一切事情。香君感叹自己和侯郎命运多舛，咫尺天涯都无法相见，但她却丝毫不想放弃，就算走遍天涯海角，也要找到侯方域。苏昆生感动于她的真情，就带着她一起逃出南京城，直奔城外的栖霞山而去。

再说侯方域等人被马、阮二人捉进大牢，眼看就要被杀害，但碰上大乱，马士英、阮大铖只顾着逃命，已顾不得他们，他们就从狱中逃出来。陈定生、吴次尾各回家乡，侯方域和柳敬亭就一起来到栖霞山。这栖霞山距离南京城四五十里，山峦起伏，森林茂密，里面有许多大小寺观，一年四季钟声鸣响，香火不断，是这乱世之中一个清静的地方，所以大家纷纷逃到这里。

香君和苏昆生来到栖霞山，恰好遇到昔日青楼好友在此出家，他们就住在一起。一天，苏昆生出去打柴，侯方域和柳敬亭也走到这里，他们到香君住的观中敲门借宿，而香君和朋友是两个女子，不再欢迎男人进门，就闭门谢绝。香君哪里知道门外站的就是她朝思暮想的侯方域啊！这一对生死相别的恋人再一次相互错过。

【千秋绝艳图】卷 局部［明］佚名 中国历史博物院藏 75－4

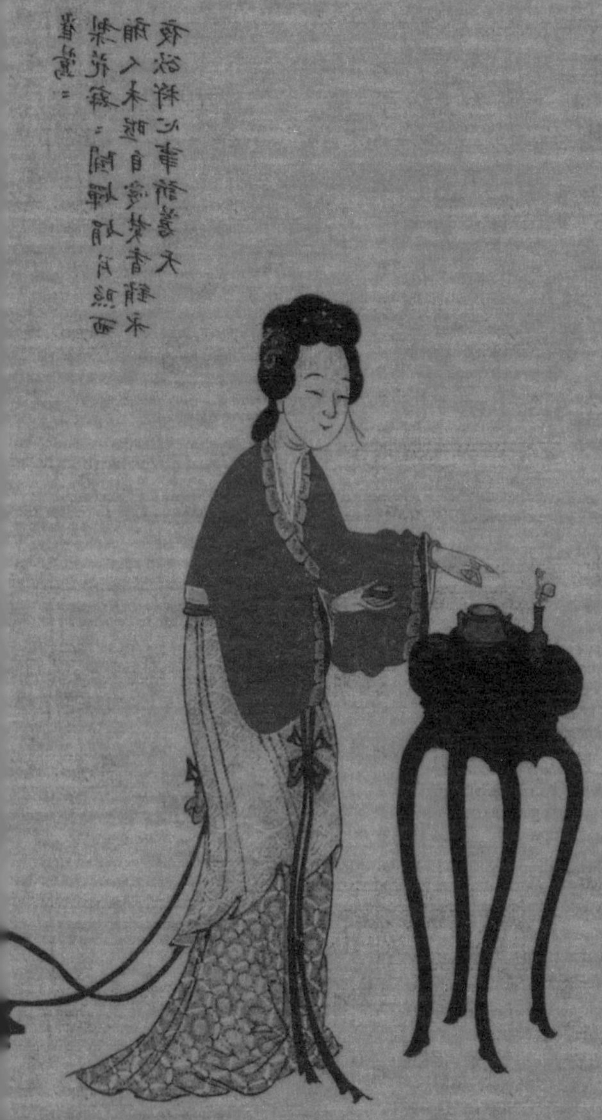

【千秋绝艳图】卷 局部 [明] 佚名 中国历史博物馆藏 75-4

侯、柳两人只好断续向前走，在另一座道观中住下来。这时，他和香君已经分别三年了，他心里更加想念香君，国家没了，香君就是他唯一的寄托。七月仲夏的时候，栖霞山中，各寺观的僧道，一起为崇祯皇帝和各位忠臣烈士举行公祭,大明王朝的遗民都纷纷赶来祭奠,他们是一群无国无家的人,面对着众多忠义之士的亡灵,每个人心里都是一片悲痛和茫然。

侯方域和李香君也赶来这里，人群涌动中，他们终于看到了对方。三年的离别，生死的考验，此情仍矢志不移，两人紧紧地拥在一起，抱头痛哭。侯方域又拿出那把桃花扇来，那几朵娇艳的桃花见证着他们的爱情。柳敬亭、苏昆生等朋友都过来相见，大家都是从那繁华的南京城来到这香烟缭绕的栖霞山，一种恍如隔世的感觉涌上各人心头。香君和侯方域又卿卿我我，诉说离别之情，不料一个祭坛的法师走过来，打断了他们的话，说："如今天翻地覆，国家无存，你们还恋着那点儿女私情，岂不可笑！"侯方域不服，说："男婚女嫁，人之常情；悲欢离合，情有所钟，先生有什么理由来管？"那道士大怒："你们这两个痴虫！ 现在家在哪里，国在哪里，百姓安乐又在哪里？无国无家，那点情爱痴恨还算得了什么？"说着，一把扯过他们手中的扇子，几下撕碎了，扔在地上。

香君和侯方域都大吃一惊，他们的爱情经历了这么多大灾难，大喜大悲，顷刻间就如那撕碎的扇子一般随风消解了。离开了国家民族的盛衰兴亡，哪还有个人的悲欢离合？侯、李二人顿时若有所悟，如梦方醒，双双抛下红尘，出家为道，在这荒山古寺中，度过半世余生。

【赏析】

孔尚任（1648－1718），字季重，号东塘，又号云亭山人，山东曲阜人。早年于石门读书、生活，1684年，孔尚任受到了康熙帝的赏识，步入仕途。他很早就注意搜集南明王朝的旧事，后来在江淮治水期间，他游历扬州、南京的一些古迹，并结识了一些明末遗民和耿介之士。1669年，孔尚任写成《桃花扇》，此剧上演后引起明朝故臣遗老的亡国之痛，也引起康熙皇帝的不满。不久，孔尚任就因一件疑案被罢官回家。除《桃花扇》外，孔尚任还和顾采合编了《小忽雷》。他的诗文有《湖海集》《岸堂之集》《长留集》等。

孔尚任

《桃花扇》是一部抒情韵味很浓的传奇剧，借爱情抒写南明兴亡的历史，爱情融合进政治，故事就更加曲折离奇。明朝末年，复社文人领袖侯方域，客居南京。他继承东林党人事业，反对阉党，颇为时人推重，经朋友杨龙友介绍帮助，结识秦淮名妓李香君，并与之成亲。杨龙友为二人成亲之事花了不少银两，还赠了妆奁，他如此慷慨相助，引起香君怀疑，再三询问之下，杨龙友说出银钱是阮大铖所出。阮大铖曾是魏党走狗，被罢官后常受复社文人唾骂羞辱，他欲图东山再起，想借侯方域之名为自己正一下名声，所以让杨龙友出面助侯、李二人成亲，以贿赂侯方域，让他帮自己说话。侯方域受了阮大铖的钱财，有动摇之意，而香君却义正词严，拒绝了所有的妆奁。阮大铖对此怀恨在心，依附凤阳县督抚马士英，诬蔑侯方域勾结左良玉谋反，欲置侯于死地。侯方域被迫出逃，投奔史可法帐下为参谋，曾助元帅调解四镇总兵高杰、黄得功、刘泽清、刘良佐等人之间的矛盾，也曾受史可法之命，随高杰前往河南防守黄河，但均以失败告终。这期间，崇祯自缢，马士英、阮大铖等人自立福王为弘光皇帝。新皇帝即位，马士英做了宰相，阮大铖也官复原职，做了光禄士卿。而自侯方域走后，李香君立志为他守节，但被马士英、阮大铖逼嫁田仰，她誓死不从，撞墙求死，血溅侯方域送她的定情宫扇。最后养母替她出嫁，杨龙友把扇上的血迹点染成桃花，成就一把桃花扇。教曲先生苏昆生感动于香君的深情，携扇出南京替香君寻访侯方域。侯方域因黄河失守，于乱军中逃难，后巧遇苏昆生，两人一同赶往南京找李香君。但侯方域回到南京后，香君已被强行选入宫中做歌妓。后侯方域与其他复社朋友被阮大铖抓住，苏昆生奔走左良玉处求救。左良玉回师南京，马士英调派正抵抗清军的部队于半路上阻截，左良玉气死江边。史可法孤守扬州也最终全军覆灭，南京城里的皇帝和文臣们都逃之夭夭。清军攻破南京，明朝灭亡。香君和侯方域各自从宫中、狱中逃了出来，都流落到栖霞山避难。在一场祭奠崇祯的法事上，二人于山中相会，正在卿卿我我之际，祭坛法师撕碎了他们的桃花扇，对他们进行点化，二人顿时醒悟，抛下儿女情长，双双入空门为道。

《桃花扇》是一部传奇故事，更是一部历史剧。才子佳人的悲欢离合融入国家的盛衰兴亡，改朝换代之际，李香君和侯方域的爱情成为乱世中的一朵奇葩，让人可叹可泣！悲壮的历史与凄美的爱情融合在一起，爱情终究要成为历史的祭品。

李香君是个在风尘中长大的女子，但却是一块无瑕的美玉。她美丽、温润、坚贞、刚烈，明事理，识大体，对爱情矢志不移、坚贞不屈，一把鲜血染成的桃花扇，尽现她宁为玉碎的刚烈与三年流离辗转的飘零。李香君无意问津政治，只想追求她至高无上的爱情，但她的为人处事都体现出高尚的节操，她的高洁令许多须眉汗颜，她的光彩也让众多忠臣志士失去颜色，拒绝妆奁、坚贞守节、痛骂奸贼都是她一个弱女子所为，这是她的本性使然。作者把

一切美好的理想都寄托在这位女性身上，显然是对现实失望，是对整个男性主宰的社会失望。在灾难来临、历史变动面前，社会是无力的，男人是软弱的，王朝土崩瓦解，国家全盘崩溃，占社会主流的男性无所适从，女性的光辉便凸显出来，而且让故事中的其他人物都黯然失色。相比之下，侯方域就逊色一些，他颇有才名，但立场并不坚定，若不是香君及时阻止，他甚至要为奸党、走狗说话。在动乱中，他也是软弱无力的。面对动荡灾难，他只能随势漂流。历史处于极度颠簸状态，侯方域既想在里面冲撞，也曾想置身其外，他的忽入忽出，造成与香君的离合悲欢。侯方域是个文弱书生，他和那些忠臣良将一样，无力挽救历史，努力失败后，他只能一往情深地追求与香君的爱情，把生存的信仰都寄托在爱情上，但动乱中的爱情要受动乱框定限制，追到最后只能追成幻灭。

《桃花扇》是借儿女离合之情，写国家兴亡之叹。历史变动，朝代兴亡，处于其中的爱情便成一种载体，载着那沉重的历史，它终究要成为悲剧。故事结尾写侯、李二人双双入道，是作者有意渲染悲剧气氛，政治动荡，爱情要支离破碎；国破家亡，爱情也不复存在。

孔尚任作为南明王朝的遗民，对南明有着极复杂的情结，他既恨皇帝昏庸、奸臣当道，又极力赞成誓死卫护那昏聩透顶的皇帝和那千疮百孔的明王朝，这是古代知识分子忠君为国的典型思想，即使王朝再破，他们也要一心拥护，等到明朝亡了，他们自然有亡国之痛。殊不知无论处于哪个王朝之下，他们这些文人、将士都是受摆布、受统治的。侯方域、李香君皆明忠义，识大体，但迫害玩弄他们的不是清兵，而是他们忠心卫护的明王朝。大明就要灭亡了，南明皇帝和那些臣子们看上的不是香君的高义节操，而是她那可怜的色相。香君的一腔热血被那些贼子权臣们糟踏，这岂不是明理识义的李香君最深层的悲哀？岂不是那些忠心为国的良将志士们最彻骨的悲凉？

“桃花扇底送南朝”，南明王朝远去了，徒留下一些故臣遗老们哀叹、感伤。

雷峰塔

清明时节，烟雨迷蒙，西湖岸边绿柳环绕，亭台楼阁掩映其中，兼有湖上那一派烟波浩渺，湖光迤逦，真是佳山佳水佳风景。杭州城里的百姓纷纷出来踏青祭祖，一时间游人如织，摩肩接踵，一段千古传奇就在这里开始。

这天，出游的人群中有一个英俊少年，风度翩翩，仪表不俗。他姓许名宣，本是严州桐庐人，只因父母早亡，便投靠在杭州姐姐家，与姐姐、姐夫一起生活，年近二十，未曾娶妻。今天是清明节，他打算到父母的坟上祭奠祭奠。而在这西湖岸边，还有两个青年女子，一个穿白衣，一个穿青衣，绰约窈窕，卓而不群，那一番风流婉转，自与平常女子不同。尤其是那白衣女子，不但容貌胜人，举手投足，都是仙姿玉骨，风采万千。众人纷纷侧目，惊叹她们的美丽，而她们闲庭信步，畅游西湖，似乎并不在意周围艳羡的目光，唯独注意到了许宣。

这两个女子不是别人，而是修炼千年得化人身的青、白二蛇。白蛇名叫白素贞，后来人称她白

娘子。她曾长在西天瑶池，因偷吃了王母的蟠桃而感染了仙气，后又在峨嵋山日夜修炼，沐浴天地精华，吸纳自然灵气，转眼过去千年，她已有了很深的道术，再继续修炼，便有望升入仙界。一天，她心血来潮，忽然向往起人间繁华，贪恋起红尘情爱来，便决定下凡走一遭，寻找有缘的人，共结百年之好，于是幻化成人形，变为一个美丽绝伦的白衣女子，来到杭州西湖。

而青蛇是西湖水族的首领，也有千年的道行。她白天在湖中游玩，夜里就到湖边裘王府的空宅里栖身，也是吸取日月精华，希望早日修得正果。白蛇来到西湖，看中了裘王府的旧宅院，两人为争夺地盘打斗起来。白蛇略胜一筹，赢了青蛇，青蛇便让出府宅，甘愿做了白蛇的随从。两人情意相投，以姐妹相称，白蛇唤她小青。后来白蛇又把自己的心愿告诉青蛇，两人就一起来到西湖岸边，寻觅有缘人士。

她们两人假装游览西湖，实际用眼光暗地观察来往的人群，唯独见许宣器宇不凡，白娘子对他一见钟情。两人尾随许宣一路走来，见他上了一条小船，怕他走远了，白娘子就小施法术，招来一阵大雨，两人便到许宣的船上躲雨，并请求一起搭船。许宣见是两位美丽的女子，非常高兴，便欣然同意她们上船。三人同坐在船舱里，就开始攀谈起来，先是互相道过姓名，许宣知道了对方是前任白太守的女儿白素贞和丫鬟小青，当然这身份是她们事先编好的。小青心直口快，问许宣家在哪里、年纪多大、有没有婚配等一系列情况。许宣人很老实，起初不明白她们俩的意思，都照实回答了，但他见白娘子娇美动人，目光温柔含情，心里不由得也动了情思。后来许宣又说到自己父母早亡，语调有些黯然，白素贞也说父母亡故，自己孤零一人，只有小青陪伴，两人真是同病相怜，各自心里又都增进了一层感情。许宣和白娘子越谈越投机，加上小青从中帮忙，不一会儿，两人都暗暗相许了。船靠岸的时候，他们俩的话还没说完，脸上都现出依依不舍的样子。还是小青聪明，见雨还在下，就借了许宣的雨伞，这样不就有再见面的机会了吗？许宣欣然把伞借给她们，然后双方道别，各自回家了。

许宣回到家里，心潮澎湃，想着刚才的奇遇，觉得今天祭奠父母归来，好像是上天要赐给他一段姻缘，他一夜辗转难眠。第二天，许宣就来到白娘子的住处拜访。小青出来迎接，怕两人见面后，又是你推我让，不肯说出真心话，便先告诉许宣她家小姐对他有意，愿托付终身，让他见机行事。许宣与白娘子再次见面，先是嘘寒客套一番，然后就都沉默不语了。小青在旁边着急，便说："姐姐，你不是有话对许官人说吗？"她的意思是让白娘子不要再磨蹭时间，此时白娘子虽然有些羞怯，但她是个敢于表露自己感情的人，自打昨天见了许宣，心里就认定他了，见小青催促，她也就对许宣直说了："官人，我父母亡故，只与青儿相依为命，主仆二人飘零多年，孤苦无依。昨天见官人心地善良，老实忠厚，便想与官人结为百年之好，不知官人意下如何？”许宣心里也是这样想的，听到白娘子亲口许婚，他心里高兴地突突乱跳。但他又想到姐姐家境贫困，自己又没有正当职业，怕委屈了这天仙般的人物，只好说：“小姐美意，许宣感激不尽，但小生家境贫寒，怕消受不起这等艳福。”白娘子见他坦白说出自己家中情况，并没有什么欺瞒，就更喜欢他的忠厚，便说：“我不是嫌贫受富的人，只要官人愿意，真心真意对我好，别的还有什么好计较的？”许宣本来就爱慕白娘子的美丽多情，又见她不嫌贫贱，就更喜欢她的善解人意，哪还有什么别的话说？当时小青摆下酒菜，三人同桌共饮。白娘子又说：“官人回去，就赶快请个媒人来说合，我们也好早日完婚。”许宣想起自己的姐姐、姐夫，便说：“小姐放心，我明天就让姐姐请媒人过来。”

许宣临走时，白娘子让小青给他拿了两锭银子，作为请媒人的费用，许宣高兴地捧着银子回家了。他到家

后，把自己这两天遇到白娘子的事跟姐姐说了一遍，姐姐许氏向来疼爱弟弟，也很为许宣的婚事操心，今天听弟弟说有这样的奇缘，她当然也非常高兴，于是马上准备饭菜，等丈夫回来一起商量这件事。许宣的姐夫李公甫，是衙门的捕头，他今天回来，满脸的不快，坐下来就喝闷酒，许氏过来跟他说了许宣的

奇遇，他也没什么反应。许氏又拿出那两锭银子让他看，没想到他接过银子，大惊失色，说：“不好了，兄弟要出大事了。”许宣姐弟俩不知道他说的什么意思，李公甫接着说：“你们看，这是官银，是官府前两天失窃的银子，上面还有记号。县令正让我们缉拿盗贼，知情不报者发配充军，兄弟手里竟出现这银子，不是要惹大祸了吗？”

原来，近日府衙里出了一宗大案，四十锭官银一夜之间不翼而飞，而银库门上的封条却是完好无损，大家都非常惊奇，县老爷正命李公甫等捕快查办此案，所以李捕头这几天非常烦心，他没想到今天妻弟拿来的银两正是那失窃的官银。许宣听姐夫这样说，吓得不知所措。李公甫是见过世面的人，还算镇定，他料定这事肯定与许宣所说的白娘子和小青有关系，便让许宣暂时到别处避难，自己拿银子去见县老爷，就说案子已经查到线索，把事情都推到白娘子身上。许宣想起白娘子和小青的殷勤多情，心里很是不忍，但眼下还是性命要紧，就听从姐夫的安排，逃往苏州避难了。

而李公甫待许宣走后，就赶紧来到县衙，向老爷说明情况，县老爷一听银子是前任白太守的女儿所盗，便很奇怪。因为白太守是他的长辈，两家非常熟悉，并不曾听说白家还有个女儿。县老爷心里觉得此事蹊跷，就先让李捕头带众捕快前往裘王府拿人。李公甫带着人来到裘王府附近，找来找去也没找到所说的白府，再问周围的百姓，也没有人知道；又听一些人说这裘王府内经常有鬼妖出现，捕快们当然不信，就一头冲进了裘王府。小青起初还以为是许宣带人来说亲的，她一见是几个捕快，知道事情不妙，就和白娘子遁形走了。李公捕等人看见她们俩，正要上去捉拿的时候，却刮起一阵风，一转眼，两个人都不见了。李公甫又让人搜查王府内的各个房间，果然在一间内室里搜出一箱官银，一共是三十八锭，加上许宣拿的那两锭，正好四十锭，分文不少。众人把银子抬回去，禀报了县老爷。县令觉得这事很奇怪，但因官银失窃不是什么光彩的事，既然银子找到了，也就不再深究。

再说白娘子和小青逃走，是不想和这些捕快们正面冲突。银子确实是她们偷的，白娘子常听说官府的钱都是搜刮百姓得来的。正好自己想成家立业，需要银两，就让小青略施法术，偷了四十锭来，但她们俩忘了抹去银子上的记号，以致惹出了这场麻烦。她们出了裘王府后，打听到许宣去了苏州，便也急忙赶往苏州了。

而许宣投靠在苏州的一个朋友家里，这位朋友名叫王敬溪，五十多岁，开了一家小客店。许宣去了，他热情接待，让许宣在他那里放心吃住。许宣在王老汉这里，平时也帮着做点事，一住就是十几天。这天一大早，王老汉打开店门，只见穿着一青、一白衣服的两个女子站在门口，前来问有没有一位杭州许官人住在这里。王老汉一听是来找许宣的，又是两个漂亮的姑娘，心里便明白了几分，于是他高兴地把许宣叫出来。许宣一见是白娘子和小青，转身就走，还叫王老汉把她们赶出去。原来他早已收到姐夫的来信，信中说了捉拿她们俩时的情形，断定这二人必是妖怪。许宣听信了姐夫的话，所以才不敢见白娘子和小青。而王老汉是个热心肠的人，他见这两位姑娘美丽大方，不像是坏人，就一把把许宣拉住，强按他坐下。

小青见许宣这样无礼，很生气，便说："许官人，你和姐姐定下婚约，我们千辛万苦来到这里找你，你怎么是这种态度？"王老汉不明白怎么回事，就让老伴出来陪青、白二人。而许宣也不答话，只说："她们是妖怪！"王老汉夫妻俩都不相信，便让他不要瞎说。白娘子听许宣口口声声说自己是妖怪，也很生气，但她来找他，就是要解释这件事的。于是忍气说："官人，既然我已经把终身托付给你，又怎么会加害你呢？那些银子是我和小青在裘王府发现的，他家人去楼空，落下点银子有什么不可能的？怎么就知道那一定就是官府失窃的银两呢？"许官听她这样说，也觉得有些道理，但他还有些不明白，又问："为什么我姐夫说去捉拿你们的时候，你们转眼就不见了？"白娘子则进一步解释说："我家败落了，住在裘王府的旧宅里，平常就我和小青两个，冷冷清清的，平时很少出门，时间一长，别人就怀疑有鬼怪。那天一伙公差闯进来，气势汹汹的，我和小青不知道是怎么回事，只吓得躲起来。他们就以为我们是鬼，不敢搜查，见到银子就抬了走了，我和小青才逃过这一劫。我们不能再在那里安身，想到已经与你定下婚约，你就是我这辈子可依靠的人了，所以才和小青从杭州赶到苏州，走了那么远的路来找你，可没想到你竟这样对我！”说着，就掉下眼泪来。白娘子一番话说得入情入理，不由得许宣不信。

王老汉在旁边听得明白，便说：“既然是有婚约在身，那就反悔不了，今天我和老伴就做个男女媒人，为你们选个良辰吉日，你们俩就在这里成亲吧。”老汉是个热心肠的人，他乐意成全这样的好事。

许宣和白娘子本来早就心意相通，现在误会解除了，自然都十分愿意。当天晚上，两人就在王老汉的客店里入了洞房，成了夫妻。夜深人静的时候，许宣又向白娘子道歉，白娘子也不再怪他，两人推心置腹，说了很多知心话，感情又加深了许多。就这样，许宣和白娘子夫妻二人恩恩爱爱地在王家住了些日子。后来谈起日后的生计问题，许宣说自己祖上是做药材生意的，他也懂些药学医理，于是商量着开家药材店，白娘子非常赞成丈夫能自立门户，做个小本生意，便张罗着租了几间旧房子，和小青三人从王家搬出来。她又趁着许宣外出的时候，请了几个山神化作工匠，把房子修整一新，并置办了大批的药材放在靠街的房子里，挂起了“安仁堂”药材店的招牌。许宣回来，大吃一惊，没想到几间旧茅舍转眼变成了华丽的房屋，连店铺都准备好了。白娘子和小青骗他说是多花了银子，请了大批的工匠来翻修好的。许宣听她们说得确确凿凿，又见终于可以继承祖业了，非常高兴，也就没有多想，只感谢自己得了个贤内助。于是，许家的药材店就开张了，生意非常红火，许宣每天在店里照看生意，白娘子精通医道，也时常到店里给人看病，医好了不少疑难杂症，对那些拿不出钱来看病的穷人，他们就免费赠药，凡事以救人为本。人们都感谢白娘子的行善积德，到“安仁堂”买药的人也就越来越多，日子过得很安乐。

一天，许宣到庙里上香，有个叫魏飞霞的道士，专爱破坏别人的好事，他见了许宣说：“你额上有一道黑气，定是被妖魔缠住了，若不早点除去，恐怕你的命就保不住了。”许宣虽然老实本分，但却是个软耳根的人，别人三言两语就能把他说动。今天听道士这样一说，他又想起以往的种种疑惑，就信了道士的话，请他救救自己。道士便给他两道灵符，一道放在他头发中，一道烧成灰烬哄骗他娘子喝下去，此时许宣忘了夫妻恩情，就把灵符带回家了。

而白娘子呆在家里，突然感到一阵心绪不宁，掐指一算，原来是官人听信了妖道蛊惑，带了两道灵符来捉拿她们了。她心里很生气，一面让小青去捉那妖道，一面想好了对付许宣的办法。许宣回到家里，把灵符藏在身后，想趁娘子不注意的时候下手。白娘子见他回来了，便故意不理他，他再三询问，白娘子才生气地质问他是不是听信了别人的妖言，回来加害她们。许宣假说没有，白娘子搜出他手里的灵符说："我与你夫妻恩爱，没有做过一件对不起你的事，你为什么要轻信别人的胡言乱语，反过来怀疑我呢？"许宣见娘子生气了，也想起往日的情爱，后悔自己不该信那道人的话，他忙向白娘子道歉，要把那灵符撕碎扔了。而白娘子却坚持将符纸烧化，放在水里，然后一口喝下，向许宣证明自己不是妖怪，许宣见娘子喝下灵符没有任何变化，就更觉得自己理亏，一个劲地向白娘子赔罪，白娘子又让小青把那道士捉来痛打了一顿，才算了事。

又过了一段平安日子，转眼端午节要到了，阳气上升，家家挂蒿艾，喝雄黄酒。而这时却是白娘子和小青最痛苦的时候，她们俩虽然修炼千年，但却并未完全脱去蛇性，尤其是最怕那雄黄酒，沾上一点，就会现出原形。端午节那天，小青功力不够，暂时出去躲避，而白娘子则睡在床上。许宣回来，硬拉娘子喝酒，白娘子推说身体不舒服，许宣就给他把脉，发现娘子竟然已经怀有身孕，他大喜过望，非要让娘子喝杯酒庆祝庆祝不可。白娘子不想惹官人不高兴，推托不过，只得饮了一杯，可一杯酒下肚，她就觉得头昏眼花，体力不支，只好连忙到床上躺下。而许宣见娘子确实身体不适，就去泡了一杯茶来让她喝，可没想到揭开帐子，竟然是一条白色大蛇出现在床上，他吓得昏倒在地。

原来是白娘子喝了雄黄酒后，难以自持，一睡在床上就现出原形。这时，小青躲过午时，回到家中见许宣倒在地上，知道出了事，上前一摸，已经气息全无了，她急忙将白娘子唤醒。白娘子醒来，见官人被自己吓死了，悲痛万分，想到要救官人的命，只有到嵩山南极仙翁那里寻求一棵还魂仙草。小青深知南极仙翁的厉害，又有鹤童、鹿仙等守护，怕白娘子去了凶多吉少，便劝她三思。白娘子当然也知道去嵩山的凶险，但她不能眼看着官人死去，拿定主意，吩咐小青照看好许宣，然后一个人前往嵩山了。

白娘子救夫心切，千里奔波来到嵩山，远远就望见一棵棵还魂仙草长在悬崖峭壁上。这仙草是镇山之宝，日夜有人守护，白娘了 到，早有鹤童、鹿仙守在那里。鹤是蛇的天敌，他见白娘子来了，就冷眼相看。白娘子恳求他赐一棵仙草，鹤童则大骂她是妖孽，并挺剑刺来。白娘子见说不通他，只能起身迎战，战了十几个回合，鹤童被她刺伤，她刚想去摘取仙草，又遭到其他山神的围攻。白娘子本来怀了身孕，功力减弱，但为了救许宣，她也拼命了，发疯似的向众山神攻击，几十个

回合过后，那些山神竟都被她打败了。南极仙翁听说有人闯山，还伤了手下诸多神将，非常恼怒，他出来将白娘子擒住，鹤童上来要置白娘子于死地。而南极仙翁见她血染衣衫，面带哀愁，便让鹤童住手，问白娘子为什么拼命求取仙草。白娘子就含泪把要救丈夫许宣的事说了一遍，南极仙翁可怜她义重情深，就让人赠了一棵仙草给她，白娘子深深谢过，就急忙赶回家中。

这时，许宣已经昏死三天了，白娘子回来后，就赶忙让小青把药煎好，给许宣服下。许宣服了仙草之后，果然醒过来，但他精神恍惚，总想着见到的那条大蛇。经过一段时间的静养，加上白娘子和小青的种种解释，说他是酒后眼花看错了等等，他才慢慢缓过来。白娘子对他更加温柔体贴，照顾得无微不至，他心里的阴影也就渐渐消除了。后来，白娘子把一条八宝明珠给许宣配戴上，把许宣打扮得更加风度翩翩，但她只顾让丈夫高兴，忘了那是手下水族盗来的。结果许宣出去游玩，被衙门的人看见，又吃了一场官司。许宣被发配镇江，白娘子和小青也追过去，经过一番解释，三人又在镇江继续生活，日子仍然和美。

但经过这一连串的波折，白娘子心里时刻忧虑重重。她爱许宣，想与他白头到老，哪怕放弃修炼不做神仙，也愿意和许宣一起过平凡的人间生活。而许宣也爱白娘子，每每想到白娘子的美丽温柔，便高兴自己得了如此娇妻。但他又软弱自私，一听到别人说白娘子的坏话，他就将信将疑，生怕白娘子害了他。他也不想想，白娘子平日对他恩深情重，帮他开店铺，料理一切生活起居，何曾害过他一回？就算白娘子真的是妖怪，可这妖怪不是比人更有情义吗？许宣想不通这一点，这正是白娘子担心的地方，她怕许宣再受了别人的蛊惑，又来怀疑她，要是一般的人还好对付，就怕遇到法力高强的，她也应付不了，那样他们美好的婚姻就会被人拆散了。

日子仍一天天过着，白娘子的身子越来越重，她心里的忧虑也越来越深，时常叮嘱许宣不要接近僧道。而许宣这时一心指望娘子能给他生个白胖儿子，对她的话也是言听计从，他觉得生活一片美好，不知道又一场大的风波将要来临。

一天，许宣正在店里照看生意，一个身材高大的和尚走进来，自称是金山寺的僧人法海来此化缘，为重塑尊观音佛像，要化一块百斤重的檀香，并对许宣说："居士如果愿意，请明天亲自送到金山寺来。"许宣的店里刚好进了一批檀香，其中就有一块一百多斤重，他一听是行善积德的好事，便想布施给他，但又想起娘子嘱咐他不要接近僧道的话，又犹豫了，怕娘子知道了不高兴。可他犹豫再三，还是决定瞒着白娘子和小青把檀香送到山上。

而这法海是金山寺的和尚不假，却也是佛祖专门派来收服白娘子，结束她和许宣的姻缘的。原来许宣的前世是佛祖座下的一个持钵侍者，曾随佛祖到过王母的瑶池，与白蛇有一面之缘，当时两下里喜欢，便约定到人间结一段情缘。而佛祖怕他们贪恋人间繁华，随后派降龙尊者下凡，等他们姻缘圆满之后，带许宣回来，并给了他两件法宝，到时好降服白蛇。而法海就是那降龙尊者，他虽然奉了佛祖的旨意，但他一直暗地里观察许宣和白娘子的一举一动，早对他们的恩爱存了几分嫉妒，现在他们的缘分还没结束，这法海就提前来插一杠子了。

第二天，许宣来到金山寺，法海就把他留住，说他家里的娘子和小青都是蛇妖所变，是要害他性命的。许宣经历了这么多事，也深深感受到娘子对自己的爱，所以他起初不相信法海的话。但法海不是一般的僧道，他对许宣和白娘子的事情了如指掌，他见许宣不信，便一一说出许宣遇到白娘子后所受的波折和磨难，最后说：“端午节的时候，你忘了你看到的那条大蛇了吗？当时你已经死过去三天，是白蛇到嵩山要了一棵还魂仙草给你喂下去，你才又活过来的。她让你活着，是为了慢慢地害你。”许宣没想到法海什么都知道，尤其是提到端午节的事，更让他胆战心惊，他开始相信法海的话了。法海又进一步说，让他抛下红尘，跟自己出家。但许宣又想起白娘子的温柔贤淑，体贴可人，也放不下店里的生意，一时心乱如麻，不知所措，最后法海强行把他锁在一间禅房里，要他静坐醒悟。

而白娘子在家一直心神不宁，预感到要发生什么大事，她见许宣老是不回来，到店里一问伙计，才知道他去了金山寺。白娘子知道该来的终于来了，便带了小青和无数的虾兵蟹将直奔金山寺而来。小青看姐姐脸色沉重，也明白这次事情不妙，她心里不由得为白娘子和许宣担心。

到了金山寺，见了法海，白娘子以礼相待。她说：“师父，我丈夫许宣昨天到贵寺上香，现在还没有回来，请师父看在我们夫妻恩爱的份上，放他出来和我一同回家吧。”法海看了看白娘子，冷笑说：“你这妖孽不在山上修炼，为什么偏要在人间害人？许宣已经皈依佛门，不会再回去了！”白娘子一听，他竟然让许宣出家，不由得怒火顿起，但她还是忍住气说：“我与他是恩爱夫妻，何曾害过他一回？我们没有妨碍别人，你为什么非要拆散我们？”法海无话可说，恼羞成怒：“大胆妖孽，还在这里胡言乱语，再不回山修炼，我就让你尝尝手中禅杖的厉害！”这法海一脸凶相，摆出一副佛家正道的面孔，口口声声说人家是“妖孽”，还以武力相威胁。白娘子见他蛮不讲理，也就不再客气，说：“老和尚，快还我丈夫！不然，休怪我无礼！”小青也生气地喊道：“秃驴，你一个出家人，不好好念经，却偏要拆散人家夫妻，是什么道理？”法海不再答话，扬起手中禅杖就向二人打来，白娘子和小青拔剑迎击，三人战在一起，白娘子救夫心切，急恨交加，所以招招凶猛，再加上小青帮忙，法海就有点招架不住了。他使出一个燃烧的蒲团，蒲团火舌四射，飞速旋转着向青、白二人扑来，二人双剑齐飞，一起将蒲团劈成两半，又战

了十几个回合。但小青毕竟功力尚浅，白娘子又身怀六甲，身子沉重，两人开始凶猛，时间一长，也渐渐体力不支，法海大喊一声："妖孽，赶快放下兵器，回头是岸。"他又摆出一副佛家的姿态。白娘子喊道："让我放下夫妻情爱，你痴心妄想！"说着，又挺剑刺来，白娘子这次又拼命了。法海见一时战胜不了她们，便又招来一群护法神将，一起向白娘子和小青围攻。白娘子知道不使出最后一招是打不败法海的，她便与小青跳出圈外，高喊道："老和尚！再不还我丈夫，可别怪我手下无情！"法海认为她们使不出什么招数，还是继续围攻，并说："你丈夫已经知道你是蛇妖，不会再回去了，你还是早点回头吧！"白娘子不能再忍耐，让小青一挥令旗，潜伏在江面的水族兵将们顿时涌来，他们在水里早就听说法海的狠毒，也就想出来应战，替白娘子出气。一时狂风大作，潮水汹涌，几乎要淹了金山寺。法海一见大势不妙，赶快作法，将水势控制住，大水才不至于将整个金山寺淹没，但山上的生灵已经死伤无数。法海拿出最后的法宝——一只金光四射的钵盂，他口中念咒，金钵盂就朝白娘子头上飞来，眼看就要把她罩住，幸亏文曲星及时赶到，用手托住金钵盂，白娘子才不至于被擒。这金钵盂特别厉害，是专门克制妖类的法器，但白娘子并不惧怕，还想拼命再战。可小青拉住她，劝她先顾性命要紧，她又想到腹中的胎儿，为了保住这个孩子，白娘子只好含泪让水族退下，一边哭，一边喊着许宣的名字，被小青拉着，借水势逃走了。

白娘子和小青来到西湖边上，此时她们已经筋疲力尽了，白娘子更是心力交瘁，她腹中一阵绞痛，一下子跪在地上。小青赶紧扶住她，搀她到前面断桥亭上歇息，心疼地说："姐姐，我们落得这样狼狈，都是那许宣害的。你为了他，放弃千年修炼，倾注了全部感情。可是他却负心薄情，竟信那秃驴的话，不顾你们夫妻恩爱，而要置我们于死地！"白娘子这时心也凉了，想想刚才她在金山寺那样呼喊，许宣竟连面都不露，她不由得落下泪来，别人说她是妖怪，她都不在乎，可许宣这样无情，不能不让她伤心。为了许宣，她几次险遭丧命，都不后悔，但她难过的是许宣不相信她，不珍惜她的感情。再抬头望望那碧清的湖面，眼前的断桥，白娘子不由得想起当初与许宣断桥相遇的情景，一行行清泪又止不住地流下来。小青见她伤心，劝她不要伤了身子，说："姐姐，为了那负心的男人难过不值得，别让我再看见他，不然我一定让他知道我小青的厉害！"

两人正说着，就见一个人远远地走过来，正是许宣。小青腾地站起来，抽出宝剑要找许宣算账，这时许宣已走到近前，他见小青的样子，又吓得转身往回跑。白娘子见许宣看见她就跑，心痛如割，但她还是拉起小青在后面追，喊道："许宣，你的心好狠呀！到这个时候，你还一点都不顾惜我们夫妻情分，"许宣跑了一阵，猛然想起娘子还怀有身孕，又于心不忍，才停下来。

原来许宣被法海强留在山上，经过法海再三"点悟"，他彻底相信白娘子和小青是蛇妖。他也听到白娘子的呼喊，但他早已吓坏了，不敢应声，更不敢出来。后来白娘子和小青走了，法海让他下山去找白娘子，说他们宿缘未了，等白娘子分娩了，再让许宣到净慈寺找他，与他理应外合，一起擒住白娘子。许宣开始说什么也不敢回去，他怕白娘子不会饶了他，但法海坚持让他走，并把一切事都推到自己身上，保证他没事。许宣这才在法海的指点下，跌跌撞撞地来到西湖边上。但他看到小青拔剑的样子，又怕小青会杀了他，所以才吓得跑走。这时他停下来，转身迎上去，白娘子早已站立不稳，一把扯住他，哭得说不出话来。小青怒目圆睁，用剑指着许宣说："姐姐为你受了那么多苦，你却这样负心薄情，辜负了她一片深情厚意，看我一剑结束了你！"白娘子赶紧用身体护住许宣，她虽然也恨他，但还是怕小青真的杀了他，许宣吓得跪在地上，说："娘子，都是那和尚把我锁在寺里，不让我出来，才让你和小青受苦的。"小青见他假意狡赖，非常生气，叫白娘子不要信他。而白娘子也知道许宣是在推脱，但她实在舍不得往日的夫妻恩情，见许宣那可怜兮兮的样子，她又心软了，指着许宣的额头说："官人，你我夫妻一场，我没有做过一件对不住你的事，就算你不念夫妻情分，可这肚里的孩子，总算是你许家的人啊！你怎么一点都不顾惜呢？”许宣又哀求说：“娘子，我知道错了，你原谅我这一次吧。”白娘子把他拉起来，对小青说：“青儿，这事也不能全怪他，要怪就怪那秃驴法海，你就饶了他吧！”小青见夫妻俩又和好了，非常生气，她本想一走了之，不再管他们的事，但她又怕白娘子太痴情，早晚要上法海和许宣的当，她留下来也好做个帮手，所以她只好依了白娘子，三人一起商量着赶往许宣的姐姐家。

这时许宣的姐姐正和丈夫李公甫逗弄他们刚出生的女儿，她也在想念弟弟许宣。自从那次官银失窃的事，许宣奔走苏州就再也没回来，她和李公甫约略地听到些弟弟的消息，但具体情况并不知道。他们夫妻正谈论着许宣，许宣就带着白娘子和小青来了，亲人见面后，许宣把她们俩介绍给姐姐、姐夫，大家互相见礼。许氏见弟妹虽然形容憔悴，但仍是天生丽质，有一种掩不住的高贵气质，她心里很喜欢，而李公甫与白娘子只见过一面，这时已认不出她就是当年没有抓到的那个盗官银的人了，许宣三人便在姐姐家住下来。

白娘子深知法海不会轻意放过自己，她怕自己遭遇不测，而生下的孩儿无人照料，见姐姐、姐夫有个可爱的女儿，便想出一个主意。白娘子请求与姐姐的女儿指腹为婚，但若是女孩，就让她们结为亲姐妹，李氏夫妇都很喜欢白娘子，便欣然同意。

不久，白娘子生下一个男孩，大家都非常欢喜，一家人沉浸在得子的喜悦中。而白娘子整天抱着孩子不放手，生怕哪一天他们母子就要被分开。她望着儿子的小脸，心里感慨万千：自己遇上许宣，过了一年多的夫妻生活，终于有了儿子，也不枉来这人间一遭，即使以后身陷万劫不复之地，也没有什么可后悔的了。她唯一舍不得的就是这孩子，一想到他这么小，就没有了亲娘，眼泪就止不住地落下来。小青知道姐姐的心事，也时刻提防着。

转眼又过去半个多月。这天，许宣鬼使神差般地来到西湖边上的净慈寺，按照事先的约定找到法海。法海让他带钵盂回去，趁白娘子不注意的时候，罩在她头上，可以立刻把她制服。许宣又犹豫了，这些天来，娘子受的苦他都看到了，况且又有儿子呱呱坠地，他实在下不了手，毕竟他们也是夫妻呀！法海又教唆他半天，说："她是妖孽，你不杀她，便是助纣为虐。"可许宣还是不愿亲自对娘子下毒手，法海没有办法，只好让他回去，说明天自己亲自到他家里收服白娘子。

第二天，许宣怕法海来擒拿白娘子会吓着姐姐、姐夫，就提前把他们支走。而他自己来到房中为娘子梳妆，许宣知道这是夫妻相聚的最后时刻了。他望着娘子的娇美面容，他心里也不忍心，但他却是鬼迷心窍。这时，外面一声佛号传来，白娘子知道大势不好，转身要逃，却被法海的佛珠打中，倒在地上。她刚刚生过孩子，身体虚弱，根本无法抵抗，一下子就被法海扔过来的金钵盂罩住。小青从里屋冲出来，看到白娘子被收进金钵盂，现出原形，她大骂许宣不是人，又跳起来与法海拼命，但她根本不是法海的对手，几下子就让法海打倒在地，用铁链锁起来。

然后，法海将金钵盂带到西湖边上，拿出佛祖给他的另一件法宝雷峰塔，把白娘子压在塔下，并召来雷公、雷母用三昧真火将塔烧炼封住，最后大声宣告："白蛇听着：除非雷峰塔倒，西湖水干，你才能出来；否则，你休想再出世。"法海终于彻底拆散了白娘子和许宣的姻缘，满意地回去复命了。而在一旁的许宣却又惊又恐，不知道是喜是悲，他眼看着娘子和小青都被抓了，心里面一片茫然，只觉得空空洞洞的，尘世间的一切再也没有值得他留恋的了，他抛下姐姐、姐夫和刚出世的儿子，自己上金山寺出家了。

二十年后，白娘子的儿子许士麟长大成人。他聪明好学，刻苦读书，在京试中一举考取了状元。许士麟由姑父、姑母养大，他从李氏夫妇口中得知亲生母亲的遭遇，非常敬佩母亲的情深义重，也深切怀念着母亲。中状元之后，他请求皇帝让他拆毁雷峰塔，救母亲出来。皇帝没有准奏，但念他一片孝心，允许他回去祭塔。这一天，许士麟穿上状元服，来到雷峰塔前焚香祭奠。他拜倒在地上，声声呼唤母亲，头都磕破了，嗓子也喊哑了，只希望塔里的母亲能听到他的呼喊。而白娘子早就听到儿子的声音，她已经哭成个泪人，虽然在塔内受尽磨难，但她看到儿子长大成人，又能这样理解自己，孝敬自己，也就欣慰许多。白娘子对塔外喊道："儿啊！你不要悲伤，我虽然身陷塔底，但看到你已经长大，有了出息，也就没什么遗憾了。只愿你和你表姐成亲，要夫妻恩爱，不要学你父亲那样负心薄情！"许士麟听到亲娘的声音，哭倒在地上。佛祖念他们母子情深，又因白娘子在塔底压了二十年，惩戒已满，就放她出来了，母子见面，抱头痛哭。佛祖又念小青忠诚侠义，也让人放了她，与白娘子团聚。然后白娘子和小青同登仙界，许宣也返回佛祖座前，做他的捧钵侍者。许士麟知道母亲已经成仙，但他每年仍带着妻子到西湖岸边祭塔，只为了让母亲感受到他一片孝敬怀念之情。此后那雷峰塔，也就成了杭州西湖的一大胜景。

至于那法海和尚，下场却不妙。传说佛祖知道他在凡间嫉妒，有意刁难白娘子，致使她水漫金山，伤了无数生灵，这实在是法海的罪过。法海听说佛祖要派人来拿他，无处可逃，就一头钻进螃蟹壳里，再也不出来了。据说，揭开蟹壳，里面那个红点，就是躲藏的法海，人们吃螃蟹的时候，

都不忘骂一句“活该！”这法海也真是够活该的！

白娘子的故事，千古流传！人们走到雷峰塔前，都会怀念这位对爱情坚定不移、情义深重的白娘子。

【赏析】

方成培，字仰松，别号岫云，徽州（今安徽歙县）人，是清朝乾隆年间的一个平民。他自幼聪明好学，兴趣广泛，青年时就博览经、史、子、集及诸子百家的著作。方成培对调曲音律很有研究，著有《词尘》五卷、《词榘》、《诵诗记疑》、《镜古读录》等，也写过不少词，有《听奕轩小稿》，另写有传奇《双聚记》《雷峰塔》。

《雷峰塔》，后人也称《白蛇传》，是流传于民间的一个美丽传说。白蛇变人的故事，最早可追溯到唐朝文言小说《李妻》（《太平广记》）。而早期的白蛇形象是丑的，可憎的，充满了蛇性妖性，她们变成美女诱惑男人，然后吸干人血，害其性命，这些形象是说女人是祸水、是灾难。到了中期，在《白娘子永镇雷峰塔》（《警世通言》）、清代《雷峰怪迹》《雷峰塔传奇》等改编的剧作中，白蛇形象已变成了以“人性”为主，具有勇敢、善良等美的品质，但同时仍保留着不少的“妖性”，具有丑的一面，是一种美丑掺杂的形象。

后期，到了清朝乾隆中叶，方成培在前人的基础上，增加《端阳》《求草》《水斗》《断桥》等情节，写成《雷峰塔》。在峨嵋山修炼千年的白蛇，偶动凡心，化为美丽的白衣女子，来到杭州西湖寻找有缘人，时人称她白娘子。她与同样有千年修行的青蛇为争夺地盘打斗起来，青蛇输了，甘愿做她的随从，化身丫鬟小青，两人一起到西湖岸边寻觅意中人。当时正值清明时节，游人如织，她们在人群中看上了一个风度翩翩的年轻人，此人名为许宣，因为父母早亡，寄住在杭州姐姐家。白娘子略施小计，结识了许宣，并在小青的撮合下，两人互生爱意，定下了婚约，但中间经过一番官银失盗波折，许宣和白娘子才在苏州成亲。为了以后的生计，白娘子帮丈夫开了一家药材店。一开张就非常红火，他们乐善好施，救济了不少穷人，日子过得很和美。期间，许宣曾听信妖道的蛊惑，怀疑自己娘子是妖怪，并拿了能收服白娘子的灵符回家，幸亏此事被白娘子识破，用计平息了这次小风波。端午节到了，家家喝雄黄酒，而蛇类最怕这酒，沾上一点就会现出原形。过节那天，许宣发现娘子怀了身孕，很高兴，非让娘子喝两杯庆祝酒不可。白娘子推托不下，只好喝了一杯，但喝下后就现出原形，把许宣吓死。白娘子为救夫君，前往嵩山求取还魂仙草，与众山神打斗，身受数伤，最后求回仙草，救活了许宣。她和小青又百般解释，千般关爱，才消除了许宣心头的阴影。后来金山寺的法海和尚把许宣骗到山上，

【千秋绝艳图】卷 局部［明］佚名 中国历史博物院藏 75－5

【千秋绝艳图】卷 局部 [明] 佚名 中国历史博物院藏 75-5

强行把他留住，并告诉他白娘子和小青都是蛇妖所变。许宣起初不信，但经不住法海的再三“点悟”，最终还是信了法海的话，留在了山上。白娘子为救许宣回家，又和小青与法海展开搏斗，最后水漫金山，也未见到许宣，只好败走，但却因此伤了无数生灵，犯下天条。而此时许宣完全相信白娘子和小青是妖怪，对白娘子变了心，他受法海指使，下山找白娘子完成最后的宿缘。三个人又在西湖断桥上相遇，小青痛骂许宣负心薄情，要杀之而后快，而白娘子也恨他负心，但又舍不得往日夫妻恩爱，见他求饶心就软了，最后还是原谅了他。三个人又来到许宣姐姐家暂住，白娘子为腹中的孩儿着想，与姐姐的女儿指腹为婚。后来她生下了一个儿子，取名为士麟，半个月后，负心的许宣找到了法海。法海来到许家，将因生育而身体虚弱的白娘子擒住，压在雷峰塔下。小青也被他捉住，锁起来受牢狱之苦。许宣出卖了自己的娘子，失魂落魄，上金山寺出家。二十年后，许士麟长大成人，中了状元，前往雷峰塔祭母。佛祖感念他们母子情深，放白娘子出塔，并让人放了小青，母子、主婢团圆。后白娘子和小青同登仙界。许士麟仍年年到西湖岸边祭塔，表达自己一片孝心，从此白娘子的故事广为流传。

《雷峰塔》无论在思想上，还是在艺术上，都达到了新的水平。白蛇形象也完全变成了“人”，得到人们普遍的同情、爱怜和敬重。剧中白娘子勇敢、机智、善良，集绝世美貌、非凡智慧、罕见钟情于一身，她是美的象征，人们只欣赏她那“人性”的美丽心灵，已不再理会甚至全然忘却她的“蛇”性。所谓蛇，只成为一个淡淡的符号，人们感受更深的是她丰富纯厚的人的一切。

白娘子是个具有牺牲和叛逆精神的典型形象，她的痴情、钟情，乃属人间罕见。为了爱情，她可以放弃成仙，为了爱人，她可以不顾自己的性命，她这种用情之强烈与执着，在“盗仙草”“斗法海”两个情节中都表现得淋漓尽致。为了要过人间美满幸福的平凡生活，白娘子付出了一切，即使最后被压在雷峰塔底，她也不曾后悔：不后悔来这人间一趟，不后悔与爱人过一场，尤其是后来看到儿子长大成人，她更是感到欣慰。若让她重新选择，她定会义无反顾地来到人间铸就一段真实的爱情。

法海在故事中无疑扮演了一个极不光彩的角色，出家人本应诵经理佛，却偏偏要拆散人家夫妻，除了嫉妒，更深层的原因是他属于佛教代表，驾驭着人的精神世界。他不容许蛇妖这样的异类僭越为人，享受人的生活，更不允许白娘子那纯洁真挚的情感广播人间。法海是空有人身而无情的化身，他不是不懂得爱情，也不是不知道什么是美，恰恰是最懂得、最知道，才要破坏它，所以说他是邪恶的。不知者不为过，而知者为祸者，乃是真正的罪恶。说法海是佛教代表也好，是封建卫道士也罢，总之他是造成白娘子爱情悲剧的一个最直接的罪魁祸首。

然而白娘子的真正悲剧不是法海，而是许宣。许宣是个平凡的人，他生性善良，但却软弱、自私、多疑，他在世俗习惯势力和爱情引力之间摇摆，他也喜欢白娘子的美丽多情、温柔体贴，但却并没有真正认识到这种感情的美好，更不懂得去珍惜它。白娘子的真爱最终都没有真正融化他的心，左右摇摆后，他还是出卖了最爱他的人，真正毁了他和白娘子之间的爱情。白娘子被压在塔底仍不后悔爱过许宣，但许宣却没有付给她同等的爱情，外来的磨难、破坏都可以忍耐、反抗，而来自爱人的背叛却是最痛心、最彻底的毁灭。许宣无疑也是世俗偏见、封建佛教势力下的受害者，让受害者自己迫害自己，才是最深入骨髓的戕害，才是真正的悲剧。

而故事中的小青是个忠肝义胆的人，她有武功，有胆略，对事情也有明白清楚的认识，但她甘居白娘子之后，一切以白娘子为中心，委屈求全，不逞己意。许宣的薄情、法海的恶毒她都认识得很清楚，但她也深知白娘子陷入情网，不能自拔，规劝不了，只好从旁保护。小青把自己的光辉、锋芒都掩在白娘子之后，显现出她的善良和善解人意。若没有小青做帮衬，恐怕白娘子为情为爱坚贞不移、奋不顾

身的形象也会打了折扣。小青是剧中不可缺少的人物，她的泼辣、刚强、善良与白娘子的温柔、坚韧、多情交相辉映。

《雷峰塔》一方面具有反封建思想，讴歌至纯至美的爱情，但一方面又囿于那个时代的思想限制，并没有完全消除因果报应、佛法无边的说教以及宿命论的观点。例如，把白娘子与许宣的结合和破裂，说成是一段“宿缘”，好像是前生注定，命该如此，这种论调无疑是在一定程度上为恶势力的罪责开脱，而且最终白娘子从塔里走出来，还是因为佛祖的慈悲，白娘子最终没能逃出“佛”的手心，她从追求爱情，反抗佛法，到最后皈依佛门成仙，这不能不说是追求过轰轰烈烈爱情的白娘子的悲哀。结局以圆满收场，也削弱了悲剧力量。但作品中积极因素还是较多，思想也提到一个新的高度，人们都喜爱这个故事，美丽善良的白娘子也成为家喻户晓的人物。

琵琶记

东汉时期，河南陈留郡有个书生名叫蔡伯喈，自幼聪慧过人，又刻苦好学，诗词歌赋，样样精通。伯喈二十岁时娶妻赵五娘，夫妻恩爱，琴瑟相和。五娘生性温柔贤淑，举止优雅端庄，深得蔡家人喜欢。

两人成亲两个月后，正赶上蔡公六十大寿，伯喈便与妻子准备酒宴为父亲祝寿，想让老人高兴高兴。蔡公、蔡婆见儿子、媳妇孝顺，都喜得眉开眼笑，一家人其乐融融。席间，郡中差人来召伯喈进京应试，伯喈想到父母年事已高，无人侍奉，便当面辞谢了。可蔡公不愿意了，他一心指望儿子能考取功名，光宗耀祖，而现在伯喈竟然放弃进京赶考的大好机会，他非常不快，于是极力催促儿子去考试。伯喈再三推阻，蔡公便大发脾气，大骂伯喈不思上进，贪恋娇妻，最后硬逼着他上京赶考不可。伯喈拗不过老父，只好从命了。蔡婆舍不得儿子离开，但她也要听从蔡公的话。五娘更不愿意新婚的丈夫离家，她想劝一劝公公，但又怕公公说她故意牵绊丈夫，最后她也只好含泪为伯喈收拾东西，送他启程了。

临走时，伯喈还是放心不下父母，邻居张太公听到他家吵闹，就过来探望。见这种情况，便答应替他照顾蔡公、蔡婆。五娘也劝丈夫放心，说自己会照顾好公婆。伯喈望着妻子柔弱的肩膀，知道以后要让她受苦了，不由得有些心疼。而五娘心里其实非常难过，她无力阻止丈夫远行，既担心他在外面的饮食起居，怕他照顾不好自己，又怕山高路远，他当了高官忘了她这个旧妻。五娘送了一程又一程，一再叮咛伯喈早日回家，伯喈连连答应，一步三回头地走了。

蔡伯喈来到京城，正赶上考期。今年的主考官是个风流荒唐的官儿，他破了往年考文问策的先例，这次别出心裁，让考生第一场作对，第二场猜谜，第三场唱曲。考试形式宣读下来，全场考生一片哗然。不过这对蔡伯喈来说倒是如鱼得水，因为妻子五娘善弹琵琶，两人平日就爱吟诗作对，弹琴唱曲，加上伯喈诗文功底深厚，所以对这类应对唱答之事根本不在话下。三场考下来，蔡伯喈果然都对答如流，有的应对还极具幽默文采，把别的考生都比下去了，主考官非常喜欢他，就把他取为头名状元。

蔡伯喈中了状元，非常高兴。他披红挂彩，跨马游街，好不威风，一扫前来应试时的沮丧心情。皇上召见他时，他是满面春风，以为这次可以衣锦还乡了。但皇帝见他一表人才，十分喜欢，就封给他一个议郎的官儿，要他随侍左右，参与朝政。蔡伯喈一听就犹豫了，他本想着外放，可以早日回家见父母和妻子，可现在做了京官，归家就无期了。他心里七上八下的，打算上奏辞官，可又怕皇帝发怒，心里踌躇半天，最后只好先暂时谢恩，再做别的打算。蔡伯喈在这里左右为难，可让他更为难的，还在后头呢。

原来当朝宰相牛丞相，深得皇帝信任，一时权倾朝野。牛家有个女儿，是丞相的掌上明珠。这牛小姐不但生得花容月貌，还兰心蕙质，知书达理，牛丞相不愿让女儿受委屈,一心想给她找个有才学有相貌的如意郎君。可佳婿难寻，丞相大人费尽心思，找来找去也找不到合适的人选，所以牛小姐至今还没有婚配。一天，牛丞相进宫议事，公事谈完后，皇帝便跟他谈起他女儿的婚事，觉得新科状元蔡伯喈和牛小姐十分匹配，有意为他俩赐婚。牛丞相一听，正中下怀，他也早看中了蔡伯喈，觉得能得到这样的女婿，也就不委屈女儿了。于是他们商定，牛丞相就派官媒去说亲了。

媒人和牛府的管家来到状元府，向蔡伯喈说明来意。蔡伯喈一听就傻眼了，他本来急着回家，没想到会出现这种情况。他当然知道要是做了丞相的乘龙快婿，就能飞黄腾达。可回头一想，家里有结发妻子，又有年迈的父母，若娶了牛小姐，岂不是对不起五娘？若回不了家，不也对不起父母吗？但他又怕拒绝牛丞相，得罪了这当朝最有权势的人，自己一生的前程也就葬送了。蔡伯喈左右为难，不知如何是好。

再说陈留郡家里，自蔡伯喈走后，五娘日夜都盼丈夫回来，她不在乎什么荣华富贵，夫贵妻荣，只要丈夫平安归来，夫妻俩安安乐乐地过日子，就是她最大的心愿。可眼下伯喈不在家，她只能一人挑起生活的重担，每天洗衣做饭，伺候公婆，打理家务，还要到地里干活，里里外外，都是她一个人操持。

但五娘毕竟是个妇道人家，再怎么苦累挣来的口粮总是嫌少，蔡家的日子每况愈下。蔡婆想念儿子，又难以忍受清苦，心里的怨气越积越多，就不住地埋怨老伴把儿子赶走。蔡公也不甘示弱，从不承认自己有错，两个老的经常在家吵架拌嘴，动不动就要死要活。五娘无奈，只能不停地从中劝解，让公婆息怒，怕他们气坏了身子。而她自己苦撑着这个家，满肚子苦水无处诉说，常常在夜深人静的时候，泪湿枕头。她唯有盼着蔡伯喈早点回家，能让二老宽心，能让全家过上舒心日子。

赵五娘日思夜盼，而蔡伯喈此时已做了丞相的女婿。蔡伯喈面对皇帝封官，宰相逼婚，手足无措。他起初想辞官回家，可还没见到皇帝，就被宫门的侍卫挡了回来。这侍卫早就被宰相买通，对他百般恐吓，威逼利诱，说他要是敢辞官，辞婚，别说前程，连小命都没有了。蔡伯喈本来就生性软弱，逆来顺受，经侍卫这样一说，官他不敢辞了，婚也辞不掉，只好与牛小姐成亲，入赘牛府。蔡伯喈见牛小姐果然美貌如花，又知书达理，比传说中的更好，心里不免也有些高兴。可一想到贤慧的五娘和年迈的父母，他又总是不能安宁。一边是高官、新妇，一边是父母、旧妻，蔡伯喈再三权衡，权衡再三，还是哪一头都放不下。他畏于宰相的权势，不敢和家里通信，可不通消息，他又实在惦记着，如此一来，尽管蔡伯喈身穿锦衣华服，日食山珍海味，但良心上总过不去，经常背地里长吁短叹，日子过得也不怎么痛快。

屋漏偏逢连阴雨，也许老天觉得给赵五娘的磨难还不够，又给陈留郡带来了一场百年不遇的大旱，田地里颗粒无收，家家都在闹饥荒，不少人都被饿死了。而蔡家本来就境况窘迫，碰上这种天灾，更是雪上加霜，五娘把自己当初陪嫁的首饰和衣服都卖了，为的是给公婆换点吃的。她自己饿着不要紧，可要是饿坏了公婆，她觉得对不起丈夫。等到能卖的东西都卖完了，吃的又没了，五娘没有别的办法，只有一个人躲在背地里掉眼泪。她想：科举考试早已完毕，伯喈能不能考中也早该有了结果，可现在他竟然没有半点消息，也许自己当初的担心已经成为现实。想到这里，五娘心里不禁心如刀绞，再苦再累她都不怕，但是遭到丈夫遗弃，断绝夫妻情爱，这是她作为一个女人最命苦之处。但五娘是个贤慧的女人，也是个知礼知德的女人，她不管丈夫还要不要她，眼下正碰到饥荒，她不能丢下家里的两个老人不管，只有咬牙硬撑下去。

这时，官府开仓放粮，五娘赶紧拿起口袋去领粮食，等她来到开仓处，饥民已经挤成黑压压一片，五娘体弱娇小，好不容易才挤到跟前，可快轮到她时，粮却放完了。五娘一看，大哭起来。放粮官见来领粮的都是男的，只有她一个柔弱女子，又看她哭得伤心，便上前来询问，五娘就把家里的困境跟他说了一遍。放粮官非常同情她，就派人叫来当地的里正，让他特地送给她一小袋粮食。五娘谢过，高兴地背着口粮往家赶。可没想到刚走到半路上，那里正又从僻静处蹿出来，把五娘的粮食抢走了。原来里正和放粮官常年勾结在一起，侵吞粮库的粮食，致使粮仓里空有粮数，而没有实粮，所以一开仓，粮食很快就放完了。今天给五娘的那袋粮食，是里正从自己家里拿来的，他当然舍不得，所以又暗地里抢了去。

五娘没领到粮食，没法回去向公婆交代，她伤心欲绝，觉得对不起家中那两个老人，看到前面有口枯井，她就想一头栽下去，一死了之。这时，正好蔡公赶来，看到五娘要投井，他赶紧过来拉住。原来蔡公见媳妇去领粮久不回家，怕出什么事，才出来寻找。五娘向公公讲了领粮的经过，蔡公不禁老泪纵横，他知道是自己和老伴拖累了儿媳，后悔当初不该让伯喈进京，苦了五娘。他想与其为难五娘，不如自己死了算了。蔡公也想投井，五娘赶忙拉住他，公媳俩哭作一团。正好张太公在这里经过，他已经领了一些粮食，就把自己不多的粮食分给他们一半，劝他们不要寻短见。在那种年月，粮食就跟命一样，张太公慷慨相赠，五娘和蔡公唯有感激不尽。就这样，蔡家在邻居的帮助下，艰难度日。

转眼三年过去了，蔡伯喈在京城享受着锦衣玉食，仍没有给家里捎去一点音信。三年来，牛小姐的聪明美丽，善解人意，让他感到满足。“红袖添香夜读书”，少年读书郎求的不就是这个结果吗？可他又总忘不了家里的父母和五娘，五娘没有任何过错，父母是自己的生身爹娘，抛下他们实在是心有不安。蔡伯喈惧怕牛丞相，在岳父面前不敢提家里的事，对牛小姐也隐瞒着真情。牛小姐是个通情达理的人，她见丈夫经常神情悒郁，背地里叹息，几次询问，又都被蔡伯喈搪塞过去，她心里一直想解开这个谜团。牛小姐很聪明，懂得适可而止，见机行事。一天，二人在花园里弹琴，蔡伯喈心不在焉，他拨着手里的古筝想起五娘的琵琶，几次把曲子弹错。牛小姐看出他的神情，就趁机问他有什么心事，蔡伯喈还想敷衍过去，可这次牛小姐却不依不饶，当即沉下脸来说：“我和你做了三年的夫妻，你却一直把我当外人看待，到底是什么道理？你可以不对我说，但我们要到父亲面前说个明白！”蔡伯喈见小姐生气了，也有些害怕，知道事情再难瞒下去，又怕真的拉到丞相面前，丞相不会放过他，他支吾半天，便索性一股脑地把隐情全部说了出来。其实牛小姐早就猜到了这一层，只是想等他自己说明白，现在事情都弄清楚了，小姐心里虽然有些不痛快，但知道这是父亲一手造成的，也怪不得蔡伯喈，而且娶她在后，也该有个先来后到。她思量了一会儿，就跟蔡伯喈商量着把他家里的父母和妻子都接过来，然后她自己去跟父亲谈这件事。蔡伯喈没想到牛小姐不但没怪他，还解决了他这天大的难题，高兴得不知道该怎么感谢她。这蔡伯喈三年来没有跟家里通一点音信。父母年老，妻子柔弱，他不是不知道，陈留郡大旱三年，惊动朝廷，他不可能没听到一点消息，但他还能安坐在京城里，做皇帝的风光官、丞相的好女婿，就算他日夜忧叹，也实在有点说不过去。就算丞相权势遮天，翻手为云，覆手为雨，他这副软骨头，也真算是软到家了。今天要不是牛小姐强行逼问，别说三年，恐怕他三十年也回不了家了，看来他真应该对牛小姐感恩戴德！

再说五娘在家里，日子一天比一天难捱，吃的越来越少，蔡公、蔡婆已经是瘦骨嶙峋，她自己也早已不再是刚成亲时的娇美模样，面容憔悴，衣衫褴褛，神情凄苦。这天，她好不容易讨来两把米，勉强煮成两碗稀饭端给公公、婆婆吃。蔡婆想念儿子，吃的又一天不如一天，她心里非常难过，又见媳妇最近吃饭的时候总是躲在一边，就起了疑心。五娘端过饭来，她一看是稀饭，就一巴掌把碗打在地上，生气地问五娘为什么不给他们做干饭吃。五娘见好不容易讨来的米，自己滴水未进，先端给公婆吃，现在却被倒在地上，心里十分可惜。但婆婆生气，她不能顶撞，只好应承着说下顿就做干饭，然后忍气吞声地打扫了地上的碎碗片出去了。

五娘回到厨房，拿出她自己的食物啃起来。她吃的不是别的，而是糠团。这些日子，家里米越来越少，五娘就把米饭省给公婆吃，而自己背地里吃这难以下咽的糠团充饥，她实在是不想吃，可不吃又饥饿难忍，要是自己死了，就没有人再照顾那两个老人了。所以她每次拿着糠团，都是和着泪吞下去，连同所有的苦累酸楚也都一点一滴地咽下去。而这时蔡公、蔡婆突然出现在厨房门口，蔡婆早就想看看媳妇到底在背后吃些什么，所以她今天拉了蔡公一起过来。见五娘果然在偷吃东西，蔡婆大骂五娘是贱人，然后一把抢过五娘手里的糠团，但她看了后，就惊呆了，她没有想到媳妇背着他们吃的竟是糟糠。蔡婆这时觉得自己怀疑五娘简直太对不起这受尽委屈的媳妇了，她一下子抱住五娘大哭起来，说："孩子，我们对不起你，我不该怀疑你，是我们拖累了你啊！"蔡婆哭着哭着，因为身体虚弱，又情绪激动，就一下子昏死过去，任凭五娘和蔡公怎么呼唤，却再也没有醒过来。

蔡婆死后，蔡公也病倒在床上，五娘顾不上伤心，只得日夜照顾公公，四处求人借钱，为公公买药。而蔡公这时明白过来，知道自己活不久了，就不让五娘再为他奔波，五娘给

他端来药他不喝，给他端来饭他也不吃，一心只求赶快死去。五娘哭着劝他不要这样，而蔡公却打定了主意，哽咽着对五娘说："是我害了你，当初不该让伯喈进京，拆散了你们夫妻。但我没想到那个不孝之子会一去不回，让你受尽了委屈。"蔡公没过两天就不行了，他临终前让媳妇改嫁，别误了青春。可五娘的青春早已在这三年里耗尽了。三年来，她从年轻的少妇变为历尽沧桑的妇人，沉重的苦难，不仅磨去她的青春，也磨老了她年轻的心灵。现在公婆都死了，五娘伤心欲绝，毕竟自己和这两个老人相依为命了三年，他们走了，自己就真正孤苦无依了。五娘跪在公公的身旁哭得昏天黑地。

可哭完后，五娘还得为公公下葬。婆婆死时，是张太公给凑的钱，买了一副薄棺材。现在公公死了，她不好再去求张太公，左思右想没有办法，忽然看到自己的一头长发，五娘才有了主意。她望着镜子里的自己，当年的赵五娘只剩下这一头青丝没有改变了，千般悲凉涌上心头，她不禁又泪流满面。可岁月的磨蚀，已让她硬了心肠，她拿起剪刀，一狠心，就把那满头的乌发剪了下来。然后，五娘捧着头发沿街叫卖，以求换点钱为公公下葬，但在那闹饥荒的年月，人人都朝不保夕，谁还会买头发？路人只是同情她，却帮不上忙，五娘在路边跪了一天，几乎要昏倒在地上，也没有人来买她的头发。最后，还是张太公心疼她，把家里为自己准备的棺材拿出来，让五娘安葬了公公。这几年，蔡家三口多亏张太公帮助才能活到今天，五娘心里非常感激他，她又想起自己的丈夫蔡伯喈，伯喈虽是自己至亲的人，可在这最艰难的日子里，他连这七旬的老人都不如！五娘心里的悲苦，比大旱带来的灾难还要深重。

公婆死了，五娘还得为他们造坟茔，她请不起工匠，就自己用麻裙兜土，一包一包地运过去，再堆起来，她一直忙了一夜，十指都抠裂滴出血了，才把公婆的坟造好。

公婆的后事都料理完后，五娘抱上家里唯一留下来的那把琵琶，决定进京去找蔡伯喈。临走时，张太公来送她，并留下她那把头发，说："这把青丝我留着，等伯喈那小子回来，他要是敢负心，也好让这头发作个见证。"而五娘去找蔡伯喈，并不指望还能找回这个丈夫，她只是想去问一问他的良心，告诉他父母已经不在了。五娘乔装成道姑，带上公婆的画像，与张太公道别后，就一路弹唱乞讨，往京城而来了。

再说蔡伯喈跟牛小姐说了自己的隐情，得到小姐的谅解，小姐主动要求把他家里的老父、老母和妻子接过来，他非常高兴，觉得自己遇到这样一位知书达礼的夫人也是他的幸运。可是牛小姐跟父亲商量这件事的时候，却遭到牛丞相的反对，他一是心疼女儿，不愿让女儿伺候那年老的公婆，二是怕蔡伯喈的原配来了，自己女儿的位置没处摆。可牛小姐觉得自己应该侍奉公婆，而且丈夫也不应该抛弃原妻，她据理力争，

竟跟老父亲吵了起来。牛丞相拿女儿没有办法，想想也是自己理亏，最后只得同意女儿、女婿的做法。

而这时，赵五娘已经怀抱着琵琶，来到京城。她一路风餐露宿，弹唱乞讨，衣衫更加破旧，而且还是个道姑的打扮，相信蔡伯喈见了她，不仔细辨认，是认不出来的。五娘到了京城后，就四处打听蔡伯喈的下落。一天，她在街上弹唱，一队人马过来，将人群冲散，其中有一个穿官服的年青后生，五娘没有看清，就赶紧躲避，慌乱中把公婆的画像掉在地上。那个穿官服的年轻人见地上有两幅画，就让人捡起来，然后回府了。五娘躲到远处，才发现公婆的画像不见了，她急忙回来寻找，路边的人告诉她是刚才那个骑马的官人拾去了，她又问那官人是谁，路人告诉她是牛丞相的女婿蔡伯喈。五娘一听，泪就不由自主地落下来，虽然她早就料到这样的结果，但现在被证实，她还是很难过的。

五娘又打听到牛府的住处，就来到牛府门前，说要求见牛小姐，牛小姐正想为将要到来的公婆找个佣人，就让她进来了。两人见了面，牛小姐问她家在哪里，有没有丈夫等情况。五娘望着眼前的小姐，知道她就是伯喈的新妻，心里面说不出是什么样的滋味。真是旧人见新人，只闻新人笑，哪闻旧人哭？五娘有心试探一下牛小姐的为人，就把丈夫蔡伯喈的名字说成祭白谐，并说他是从陈留郡来，中了状元，听说住进牛府，又问牛小姐有没有听说过这个人。牛小姐何等聪明！她见五娘眼神有些不对，早听出弦外之音，又暗自把“祭白谐”重新拼凑一下，就猜出眼前这女人是丈夫的原妻。看她衣衫褴褛，形容憔悴，不用说就知道她受过很多苦难。牛小姐赶紧站起来，称五娘为姐姐，问她丈夫是不是蔡伯喈。五娘见牛小姐知书达理，便不再隐瞒，就点了点头。牛小姐赶忙请她上座，行过姐妹之礼，又细问家中的情况。五娘就把自己如何侍奉公婆，如何艰难度日，后来又如何为公婆下葬的事说了一遍，直把牛小姐听得泪如雨下。牛小姐见蔡伯喈快要回来了，怕他不肯认这糟糠之妻，就想让五娘重新梳妆一下，换一身新的衣裙，可五娘坚决不肯换下那身破衣烂衫，她就是要这样去见蔡伯喈，让他知道这三年来她过的是什么日子，而不在乎他还会不会看得上她。牛小姐无奈，又想起昨天蔡伯喈捡回两幅画像，自己挂在书房里看了很长时间。她就把五娘领到书房，让五娘在上面写点什么，好引起丈夫的注意。五娘一看那正是公婆的画像，就按照小姐的意思，在上面题了一首诗：“昆山有良璧，郁郁璠玙姿。嗟彼一点瑕，掩此连城瑜。人生无孔颜，名节鲜不亏。拙哉西河守，胡不如皋鱼。宋弘既以义，黄允何其愚！风木有余恨，连理无旁枝。寄与青云客，慎勿乖天彝。”

蔡伯喈回家后，又走到书房来，他觉得那画像很像他的父母，只是他记忆里父母的面庞都很丰腴富态，不似这般削瘦憔悴。这蔡伯喈也不想想，陈留郡大旱三年，家家都有饿死的人，别说他六旬的老父、老母，就是那年轻貌美的赵五娘，经过三年饥荒，也不可能再是原来的娇美模样。他又看到画像上不知谁给题了诗，细读了一遍，觉得诗中处处用典故，好像是处处在嘲笑他，说他不顾家中父母，抛下糟糠之妻，蔡伯喈不由得有些恼火。这时，牛小姐进来，用言语试探他，蔡伯喈随即表示，不管妻子变成什么样子，他都不会抛弃。牛小姐这才把赵五娘拉出来，蔡伯喈见到五娘简直都不敢认了，他没想到五娘会变得这样憔悴，好像这三年她老了许多岁。他整天锦衣玉食，当然想象不到家里的父母和妻子是如何食不果腹，衣不蔽体。而五娘见到蔡伯喈，心里一阵热，又一阵凉，觉得眼前这人似乎很熟悉，而实际又很陌生。三年的朝思暮想，一旦相见，却没有了任何感情的冲动。她惨然一笑，告诉蔡伯喈他父母已经死了，蔡伯喈先是木木地看着她，后来听到父母亡故，他顿时瘫倒在地上，放声大哭起来。

牛丞相听到哭声，也来到书房，一见那情景，也就明白了是怎么回事，他知道这结局是他造成的。此时，他只好厚着脸劝蔡伯喈不要伤心，又嘱咐女儿和仆人好好照顾五娘。而五娘自来到牛府，就觉得恍恍惚惚地，好像进入梦境一般，一切都很虚幻。虽然蔡伯喈表示以后要待她好，让她过荣华富贵的日子，不会再让她受任何委屈，可她听了却没有什么感觉。

后来蔡伯喈向岳父大人请求回家祭奠父母，牛丞相不好再阻拦，就让女儿和五娘同他一起回去了。回到陈留郡，蔡伯喈跪在父母坟前，几次哭昏过去，他在向父母忏悔。蔡公、蔡婆的在天之灵，看到这番哭泣，也许会原谅他这个不孝的儿子。而五娘看到自己亲手为公婆造的坟茔，才觉得回到现实，她回想三年来的孤苦无助，凄楚悲凉，心里已经没有了悲哀，好像所有的苦难一下子都解脱了似的，连身子都是轻飘飘的。虽然蔡伯喈诚心悔过，牛小姐一再声称让她做大，可三年的沧桑变化，她不知道自己还能不能再做蔡伯喈的妻子，她这颗心还能不能再在蔡家安下？五娘抬头望着灰蒙蒙的天空，她看不见未来的方向，眼里心里都是一片空洞茫然。

【赏析】

高明（1305？—1359），字则诚，温州瑞安人，元末明初的戏曲家。高明出生在一个书香世家，颇能诗工书，1345年中进士后，在浙江处州、杭州等地做过几任小官。因与上司意见不合，辞官归家，此后过着隐居的生活。《琵琶记》就是在这期间写的。除此之外，他还有《柔克斋集》，戏剧《闵子骞单衣记》（已失传）。

高明是个封建伦理思想极浓厚的人，他对戏剧创作有自己的认识，认为创作作品，要有益于社会风尚，有益于封建道德教育，反对神仙鬼怪、佳人

才子等娱情遣兴之作。《琵琶记》的原型故事最早流传于宋朝民间传说和《赵贞女》中，蔡伯喈是个受谴责的人，他进京中状元后，背亲弃妻，另娶新欢。原妻到京城找他，他不但不认，还马踩旧妻，最后被暴雷劈死。而高明借这个故事另编《琵琶记》，内容做了较大的改动，剧中多为蔡伯喈辩护，把他写成一个还有良心、有孝心的人。

陈留郡人蔡伯喈在父命难违的情况下，别过年老的父母和刚成亲两个月的妻子赵五娘，进京赶考，中状元后被牛丞相看中，要招他为婿。蔡伯喈生性软弱，也舍不得刚到手的荣华富贵，迫于丞相的权势，不敢辞官、辞婚，只好入赘牛府，娶牛小姐为妻。而蔡伯喈离家后，陈留郡遇到大旱，出现饥荒，赵五娘一人支撑全家生活，操持家务，侍奉公婆，想尽办法让公婆吃好、穿好。但饥荒一闹就是三年，家家都有饿死的人，赵五娘卖掉家里所有值钱的东西，也只能勉强填饱一家三口的肚子，为省下粮食，她自己吃糟糠充饥。五娘背着公婆吃糠团，却被婆婆误会，当公婆发现她吃的竟然是糟糠时，悔愧交加，婆婆当即大哭，昏倒死去，公公也病倒了，不几天去世。赵五娘为给公婆下葬，把自己的头发剪下卖掉，又用麻裙包土，为公婆筑造坟茔。安葬完公婆后，赵五娘抱起琵琶，一路乞讨卖唱，赶往京城找蔡伯喈。此时蔡伯喈在牛府享受着锦衣玉食和牛小姐的美丽多情，他惧怕牛丞相的权势，三年来，不敢给家里写一封信，只是背地里叹息。多亏牛小姐贤慧，问明他的心事，才商定把他家中的父母、妻子接来。而赵五娘来到京城，打听到蔡伯喈已做了丞相的女婿，非常难过，但她还是来到牛府，找到蔡伯喈，把他父母死的消息告诉他。蔡伯喈良心发现，痛哭失声，向岳父请求回乡祭奠父母，他带着牛小姐和五娘回到陈留郡，在父母坟前忏悔。而赵五娘的苦难解脱了，却不知未来在何方，虽然蔡伯喈和牛小姐都同意过一夫两妻的生活，但五娘经过这么多苦难，不知道自己还能不能再做蔡伯喈的旧妻。

《琵琶记》的原剧木是将蔡伯喈说成一个忠、孝、节、义俱全的人，他弃旧娶新，是迫于无奈，结局也是一夫二妻大团圆，此处改编为故事，在结尾上稍稍做了改动。赵五娘是个勤劳、善良的女人，丈夫离家久不回，她明明知道自己可能已遭到遗弃，但她还是照顾公婆，小心侍奉，这不仅是孝道，而是出自她的善良。她离开丈夫可以自己生活，但公婆离开她却不能活命。三年的岁月沧桑，她承受了无数的苦难，也付出了惨重的牺牲。公婆不是她的亲生父母，她尚拼命照顾，而公婆是蔡伯喈的生身父母，蔡伯喈却在最困难的时候音信全无。一个是吃糠咽菜，一个是锦衣玉食；一个是垂死挣扎，一个是荣华富贵。蔡伯喈要是有一点点良心，怎么能弃家于不顾，妻子他可以抛弃，但父母还是他的亲生父母。若用一个“软弱”来为他搪塞，那么他的软弱则是卑鄙、无耻的。尽管原作者为他拉了一层又一层的遮羞布，几番美化粉饰，说他从来不曾忘记家中的父母和旧妻，但这不过都是托辞。没有忘记却不付出一点主动作为，与忘记了又有什么区别呢？这种软弱无能之人又有什么可取之处？如果把他弃妇重婚的行为，都归咎于客观，那么蔡伯喈一个活人变成了木偶，完全受人摆布，那么他的忠、孝、节、义又有什么意义？

高明把蔡伯喈打扮成一个“孝子”，是宣传封建孝行，完全成为封建说教。“孝”本来是人的本性，是每个人对父母应该有的基本理念。如果硬把它弄成一套规范准则，“孝”则成了一个枷锁，锁住人的鲜活和个性。赵五娘孝敬公婆，但人们感到是她的善良，而不是什么封建道德。蔡伯喈读书百万，知道什么是封建道德，却在做了官后，不再孝敬父母，作者用封建道德给蔡伯喈脸上擦粉，岂不是一种失败？蔡伯喈有忠孝思想，又被礼教所缚，他是个软弱、动摇、怯懦的知识分子，其言行反映了当时社会文人的思想面貌，在这一点上，对他的刻画也算是有些意义的。

牡丹亭

南宋时期，西蜀郡人杜宝，原是唐朝诗人杜甫的后代。他二十岁就科考中举，过了几十年的官宦生涯，现任江西南安府太守，一生端直刚正，颇有清廉的美名。如今他年过半百，膝下只有一个女儿，唤作丽娘。丽娘已年过二八，容貌秀美，风华绝代，杜宝与夫人爱如珍宝。

杜丽娘自幼受父母教导，不轻易下绣楼半步，终日躲在闺房里做女工，也略读四书五经。而杜宝一生以无子为憾，决心把女儿培养成大家闺秀，明礼知德，将来嫁到别人家，自己脸上也光彩些。一天，杜宝与夫人商量为女儿请个教书先生，好让丽娘多读些诗书，更加知书达礼，为日后的终身大事做个准备。夫人甄氏很同意老爷这个建议，两人最终选定了一个老儒生名叫陈最良的，来家里为丽娘教书授课。

这陈最良是个老秀才，十二岁就进学补作廪生，可惜又考了四五十年，也没能中个举人，生活不免穷困潦倒，衣食无着。年轻人爱开玩笑，叫他“陈绝粮”。而杜宝夫妇看重他老成持重，所以请他到府上教书。陈最良接到这个差事很高兴，不管怎么说，这回生活总算有了着落。

陈最良来到杜宝家里，丽娘见过先生，彼此行过师

生之礼。只见这小姐正值青春妙龄，一派青春风貌，文静中带几分活泼，端庄中见几分俏丽。陈最良知道这老师也不是好当的，对女孩子打不得，骂不得，轻不行，重也不行，他心里盘算着如何谨慎行事，不能轻易丢了饭碗。丽娘身边有个贴身丫鬟名唤春香，是个活蹦乱跳的小姑娘，老爷与夫人让她陪小姐一起读书，她心里一百个不痛快。今天见这先生一脸迂腐学究的派头，她更是嗤之以鼻，没放在眼里。

第二天，陈最良开始上课，可他等到日上三竿，还不见小姐的影子，心里不免有些着急。等书僮把小姐和春香叫来，他便摆起先生的架子，教训起来："作为女子，鸡叫时就该起床，梳洗打扮，打扫庭院，然后向父母问安。等日出之后，就该各司其事，哪有睡到这么晚的道理？"听了先生的训诫，丽娘认错，而春香把头一歪，不以为然。陈最良又叫春香去拿笔、墨、纸、砚，春香磨蹭了好长时间，才慢吞吞地把东西拿来。陈最良一看，觉得不对劲，丽娘"扑哧"一声笑了。原来春香故意跟这先生作对，她拿的是画眉的笔，描眉的黛，薛涛造的书信纸和鸳鸯戏水砚。陈最良的鼻子差点气歪了，又把春香训了一顿。

正式上课时，陈最良翻开诗经，讲了一篇《关雎》：

“关关雎鸠，在河之洲，窈窕淑女，君子好逑……”这不是讲女子贤德的诗，而是一首爱情诗，陈最良当然知道，他只想糊弄一下，随便混过去，不敢详细讲解，怕引起小姐思春。于是他讲道：“关关，是鸟叫的声音，雎鸠，是鸟的名字。这种鸟生性喜欢幽静，常栖息在河中的小洲上……”他声调托得很长，春香听他啰唆半天，不耐烦了，便问道：“那‘窈窕淑女，君子好逑’是什么意思？”陈最良本不想讲这一句，听她问，只好含糊地说：“就是美丽善良的女子，有君子去求她。”其实本意是：美丽优雅的女子，是君子的好配偶。他以为小丫头什么都不懂，随便糊弄一句就可以了。可春香不依不饶，又问：“君子为什么要去求她？”陈最良躲躲闪闪，无法回答，便又对春香发起火来。丽娘在一旁看在眼里，只得来解围，说：“先生只讲大意就可以了，其余的我可以自己理解。”她不想第一天上课，书堂里就这样吵闹不休。

陈最良好不容易把这一节书讲完，又让小姐写字。春香早就不耐烦了，她趁先生不注意，就偷偷溜出去。丽娘写了半天字，一抬头不见了春香，陈最良一直在旁边看小姐写字，也没注意。一会儿，春香跑进来，欣喜地对丽娘说：“小姐，那边有个花园，好漂亮呀！”陈最良见春香跑出去玩了，又要责罚她，丽娘又免不了替她求情，一堂课就这样乱糟糟地过去了。

回到绣楼，丽娘问春香：那花园是什么样子？春香明白小姐的心思，便极力说花园如何漂亮，如何风景怡人。丽娘听了，心里有些伤感，想自己都这么大了，连家里有个花园都不知道，父母也从来没提起过，自己终日关在这闺房里，就像一只笼里的小鸟，望着天空，空有飞出去的冲动和欲望。丽娘又想起刚才的那首《关雎》，虽然先生没有讲透，但她早已理解了其中的意思。“窈窕淑女，君子好逑”，自己也算得上是个窈窕淑女了，可却没有君子来求，连那关雎鸟儿都能到河中的小洲上戏耍，而自己却出不得这闺房半步。她越想越恼，没情绪地倒在床上。春香见小姐一脸愁容，便引逗她去花园散心。丽娘听了有些心动，但又怕被父亲知道了责骂，春香则给她鼓气，说老爷到乡下劝农去了，根本不会知道。她这才让春香背着母亲去安排游园的事情。

两天后，丽娘带着春香来到花园。她没想到花园竟然有那么大，风景那么美。东风吹面，杨柳拂地，香草花树掩映着亭台楼阁，粼粼湖水飘荡着烟波画舫，兼有成双成对的莺儿燕儿在树上婉转啼鸣。丽娘从未见过这么明媚的春光，她不禁有些陶醉了。可又看到园里那倒坍的院墙，失修的废井，丽娘的伤春情绪又涌上心头。可叹这良辰美景却付与那断壁残垣，大好的春光无人赏它，它空自年年开遍这姹紫嫣红，世人把春光看得也太轻贱了！丽娘伤春，又想到自己，韶光自是难留，青春也是易逝，自己这般美貌无人问津，不也是早晚要付与那流水般的岁月吗？她越想越悲，竟怔怔地流下泪来，好像瞬间花儿也谢了，鸟儿也飞了。而春香正在一旁玩得高兴，她一会儿追蝴蝶，一会儿捉蛐蛐，来回跑得忘乎所以。忽然一转身，见小姐在那里发愣，她便上来打趣。丽娘也不理她，仍是站在原地呆想。春香怕被老夫人撞见，就跑出去察看动静。花园里只剩下丽娘一个人，她又想：自古窈窕淑女，都得遇谦谦君子，那么多才子佳人都共成风流佳话。而自己年过二八，却没有个如意郎君，纵有这如花美貌，却是命比纸薄。丽娘一边想一边垂泪，整个人都陷在伤春、怀春的情绪中，一时觉得昏沉困倦，便倒在一块石头上睡着了。

恍惚间，一个风流俊雅的书生从花径深处走出来，手里拿着半枝垂柳，笑着对丽娘说："姐姐，我到处找你，原来你在这里。"丽娘见了他，又惊又喜，但又觉得不认识他，便满面含羞，没有答话。书生又说："我刚才在花园里折了这枝柳条，姐姐你精通诗书，何不作首诗来赞它？"丽娘心里喜欢这书生，可还是笑而不答。而书生又靠前一步，轻轻把她抱起，绕过栏杆，转过花径，来到牡丹亭外的太湖石畔。然后他把丽娘放在一片草地上，进而给她宽衣解带，共行云雨之欢。丽娘以前从来没有接近过男子，书生这样亲近她，她本想推开，可是手脚却好像没有一点力气，只得任

书生搂抱，她心里既惊慌又有些喜悦。两人缠绵过后，书生又把丽娘抱到原来的地方，说："姐姐，你好好休息吧，我要走了，日后再来看你。"说完，转身就走。丽娘见书生要走，心里不舍，连忙喊道："秀才别走，别走……"这时，耳边有人叫"孩儿醒来"，丽娘睁开眼，见母亲站在身旁，她慌忙站起来向母亲行礼。杜夫人见女儿大白天睡在花园里，很是不快，便轻声责备了几句。丽娘只好认错，然后心神不定地回到绣房，而她心里面一直在想刚才那个梦，想梦里面那个书生。

杜丽娘自游园归来，便精神恍惚，书堂也不去了，女工也不做了，终日躺在床上昏睡，她是在想念梦里相会的书生，最后竟相思成疾，一病不起了。杜宝从乡下劝农回来，见女儿成了这个样子，非常生气，责备了夫人，打骂了春香，怪她们不该让丽娘好好地去游什么花园。可生气归生气，还得给女儿治病，杜宝叫来陈最良给丽娘把脉。而陈最良因小姐一连几天没来上课，正闲居在杜家书堂。他祖上是行医的，所以他也略懂点医术，这时听老爷叫他，他就急忙赶来。陈最良不是专职大夫，自然看不出小姐得了什么病，他又向杜宝推荐了一个石道姑来给小姐作法。但这样请医问卜，丽娘的病却是一日重似一日，丝毫不见起色。杜宝夫妇急得没有办法，又几次请来别的大夫，仍是没有效果。眼看着丽娘日渐消瘦，最后竟滴水不进，瘦成一把骨头了。

杜丽娘辗转病榻几个月，终日昏昏沉沉，有时还不

【千秋绝艳图】卷 局部 ［明］佚名　中国历史博物院藏　75－6

【千秋绝艳图】卷 局部 ［明］佚名 中国历史博物馆藏 75-6

省人事。这天，她却突然清醒过来，趁春香不注意，就偷偷溜出去，又来到后花园，她是想寻找那个梦境，希望那个书生真的能出现在她面前。可是牡丹亭虽在，花园里已是一片颓寂，丽娘找不到书生的影子，最后来到一棵大梅树下。她望着那枝繁叶茂的梅树，心想：若死后能葬在这里，也就没什么遗憾了。丽娘正抱着那棵梅树流泪，春香跑过来，嘴里说着小姐不该再来这里之类的话，就把丽娘扶回房里了。

丽娘回到房中，揽镜自照，只见那花容月貌已经憔悴不堪，她不禁又落下泪来。想到自己如果就这样死了，岂不可悲可叹！丽娘感伤着，又想出一个主意，就让春香拿丹青画笔来，她自己对镜自画了一幅肖像。丽娘又想起那梦中的书生曾拿了一枝柳条让她吟诗，她猜想自己的梦中人可能姓柳，就提笔在画像旁边题了一首诗："近觑分明似俨然，远观自在若飞仙。他年得傍蟾宫客，不在梅边在柳边。"

诗题完后，丽娘觉得自己的精神和力气都没有了，她又歪倒在床上。春香见她劳神了半天，也让她赶快歇着。而丽娘又拉住春香的手，有些依依不舍，并跟她诉说了那个梦。春香这才明白小姐为什么会病成这个样子，她虽然知道小姐有心事，但却没想到是因梦而起。春香愣怔了半天，才发现小姐不再说话，已经气息微弱了，她吓得赶紧把老爷、夫人叫来。此时，丽娘已是精力耗尽，她拼着最后一口气，让父母把她葬在后花园的梅树下，又让春香把她的画像放在木匣里，埋在太湖石底下。说完，丽娘的一缕香魂就归往天际了。

丽娘一死，杜宝夫妇痛失爱女，哭得死去活来，春香失去小姐，也是号啕大哭，杜府上下，一片哀声。这时，朝廷传下圣旨，说金兵南侵，皇帝升杜宝为安抚使，让他镇守淮扬，即刻挂帅迎敌。杜宝虽然正为女儿的死伤心，但皇命不可违，他马上命人按照丽娘的遗嘱，把她葬在梅树底下，又让人在旁边盖了座梅花观，把女儿的神位供在里面，又让石道姑和陈最良在观里为女儿看守坟墓。陈最良本来生活没有着落，杜太守这样做，也是有意照顾他，他当然乐意接受这样的差事。杜宝迅速料理完女儿的后事，就带上夫人、春香及其他仆人，前往淮扬了。

三年后，一位姓柳的公子来到南安府，他是岭南人，相传是柳宗元的后人，原名柳春卿，后改名梦梅。柳梦梅本是要进京赶考的，路过江西南安时，染上风寒，又不慎掉入河中，幸好被陈最良救起，带他到梅花观里借住养病。柳梦梅在观中将养些日子，病渐渐好了。一天，他闲来无事，就到杜家的后花园里游逛，无意间发现太湖石下有个木匣子，他拿出来打开一看，里面有幅女子的画像。柳梦梅细细端详了一下那画中女子的容貌，觉得似曾相识，好像在哪里见过一样。他看了又看，忽然想起三年前的那个梦，顿时觉得这女子与那梦中人十分相似。原来三年前，柳梦梅曾做过一个梦，梦到自己到了一个园子里，一个美丽绝伦的小姐站在梅树下，对他说：“柳生，遇到我后你才有美好姻缘和显达的功名。”说完，飘然而逝。柳梦梅醒来后，觉得那梦非同一般，才给自己改了名字。

现在，柳梦梅得到这画像，如醉如痴，他也顾不得再欣赏园中的景致，带着画像就回了自己房间，然后把它挂在墙上，呆呆地望着美人图出神。他又看到画像旁边题了首小诗，细细读来，那句“不在梅边在柳边”，似乎暗含着自己的名字。柳梦梅心中暗想：难道她真的是自己梦到的那个人吗？当年的那个梦真的是有所预示吗？他面对着这美丽女子的画像，不禁浮想联翩起来。柳梦梅的眼睛一刻都不想离开那画中的美人，他越看越爱看，越看越想看，渐渐陷入痴迷状态，他觉得那女子似乎也在脉脉含情地看着他，他真想把她从画中拉出来，好和自己真实地相爱一场。

一连几天，柳梦梅都神游魂荡，从早到晚对着那画像痴看，他还依照画中诗的原韵，和了一首诗，也题在那画像上，诗为：“丹青妙处却天然，不是天仙即地仙。欲傍蟾宫人远近，恰似春在柳梅边。”柳梦梅题完后，觉得很满意，他想：如果这画中女子能成为真人就好了。一天晚上，柳梦梅正看着那画像发呆，嘴里还不时地喊着“姐姐”“美人”。忽然听到外面有人敲门，他打开门后，一个女子闪进来，柳梦梅借着灯光一看，怀疑是仙子下凡，他不禁又看呆了。那女子自称是邻家的女

儿，因三年前曾在梦中与公子相遇，所以今晚特来相会。柳梦梅回过神来，又仔细打量了一下，果然这女子与那画中人也是一模一样，他惊喜万分，觉得自己这几天对着那画像着迷，没有白白地付出那份痴情。两人随即拥抱在一起，发下山盟海誓，约定共结人间连理。从此以后，女子每天暮来晨往，夜夜与柳梦梅幽会，两人情深意浓，如胶似漆。

这女子不是别人，而是杜丽娘的鬼魂。三年前，她因梦而死，为情而亡，她的魂灵一直在地府中游荡，没有安身之所。判官一查生死簿，发现她阳寿未尽，人间还有一段姻缘等她完成，又听她诉说了死亡经过，判官深为她的痴情感动，就把她放出枉死城，让她到梅花观中等候意中人。从此，杜丽娘便经常趁夜晚来到阳间，在梅花观中徘徊。这晚，她听到有人在房里喊着“姐姐”“美人”，她走到跟前，只见一个书生对着一幅画像呼喊，再仔细一看，那正是自己的肖像，而那书生也正是三年前梦到的那个书生。杜丽娘望着柳梦梅，悲喜交加。三年来，她是个孤魂野鬼，在人间、地府之间游荡，没有地方肯收留她，她一个人受尽凄楚悲凉，现在终于等到了那个前世、今生注定与自己相爱相随的人，她怎么能不激动万分？杜丽娘擦干眼泪，定了定心神，才敲了柳梦梅的房门。

两人恩爱数日，丽娘才把自己的真实情况告诉柳梦梅，并把三年前怎样梦到他，又怎样相思成病，最终病亡的事都诉说一遍。柳梦梅起初听说她是鬼，心里有些害怕，但又听她说是为了自己而死，他又深深为丽娘的痴情感动，觉得不管她是人是鬼，都该好好爱她。丽娘见柳梦梅对自己一片真情，不嫌弃她是鬼，更是大为感动，觉得自己这三年没有白等。死是为他死，生也要为他生，生生死死只系于这份痴情。丽娘又告诉柳梦梅自己可以还阳，只要打开棺木，取出她的肉身就可以了。柳梦梅听了又惊又喜，他没想到自己今生能逢上这样的佳人，生死皆由他一个人定，这份真情让他终生难以回报。他望着眼前的丽娘，不禁流下泪来。两个有情人互诉衷肠，一夜未眠。天亮后，丽娘早已离去，柳梦梅去找石道姑商议挖开小姐坟墓的事，并把自己和丽娘那番前世注定的情缘跟石道姑说了一遍。这石道姑是个耍弄巫术的，虽然法术不怎么灵，但听了柳梦梅一番话，也被他们的真情感动，当即表示愿意帮忙。

柳梦梅和石道姑来到花园的梅树下，悄悄挖开小姐的坟墓，打开棺材，只见丽娘的肉身完好无损，还和活着时一样。石道姑把一碗热水给她灌下去，丽娘慢慢睁开眼睛，真的苏醒过来，柳梦梅赶紧把她从棺材里扶出来。丽娘从阴间返回阳世，感觉像做了一场大梦一样，她扑进柳梦梅的怀里，泪如泉涌。这一死一生，饱含了她对柳梦梅的深情，柳梦梅也紧紧拥住丽娘，心里万般疼爱，不让她再受任何委屈。

石道姑见他俩在那儿卿卿我我，心里着急，说："你们两个不要磨蹭时间了，赶快离开这是非之地吧！"原来，按当时律例，盗人坟墓者要判死罪。幸好这时陈最良不在家，他若是知道小姐的坟墓被挖掘，肯定会生出事端，说不定还会有一场官司。柳、杜二人也明白这事情的轻重，当下就由石道姑主婚，两人草草完成婚礼，然后乘一条小船，赶往京城了。

再说陈最良回来后，见小姐的坟墓被掘开，尸骨无存，柳梦梅不知去向，石道姑也不见了，他认定是这两人盗了小姐墓中的财宝逃跑了。陈最良便一路赶往淮扬，给杜宝报信去了。

柳梦梅带着丽娘来到京城后，正赶上科考日期，他匆匆赶往考场应试。三场考下来，柳梦梅自我感觉不错，便回到客店和丽娘一起等待发榜。而这时，忽然听到城中一片大乱，有人高叫道："不好了，金兵犯境，已杀过淮扬了……"丽娘听了大吃一惊，她知道父亲在淮扬镇守，金兵杀过淮扬，父母会有生命危险。丽娘担心父母安危，便让柳梦梅去打听消息，又怕父亲不认这女婿，就拿出自己那幅画像让柳梦梅带上，到时好作个凭证。柳梦梅嘱咐过店家，把丽娘安顿好，就匆匆赶往淮扬了。

再说杜宝来到淮扬后，三年来严防死守，屡次击败来犯的金兵。闲下来时，他与夫人思念女儿，夫妇俩只生了丽娘一个，丽娘一死，让他们感到无限寂寞凄凉。尤其是杜夫人，常常暗自垂泪，老来丧女的痛苦让她心神憔悴。这一天，忽然探子来报，金军又大举进犯，杜宝见军情紧急，就打发夫人和春香暂时到京城避难，他自己和部下将领商量退敌之策。这次进犯的除金兵之外，还有投靠金国的李全夫妇。李全拥兵数十万，金国封他为溜金王，他妻子是一员骁勇善战的猛将，两人一起统领大军。杜宝分析对方情势后，就派人给李全夫妇送去书信，借朝廷之名给他们封王，并赠李全妻子一个“讨金娘娘”的封号，许给他们重金。而李全夫妇实际上与金军貌合神离，此时便借机归顺南宋，到海上称王去了。金兵本来快要攻破淮扬，但这时失去李全夫妇帮助，锐意顿减，杜宝马上率军迎战，再次击退敌兵，保住了淮扬。

金兵退去，杜宝设宴犒赏三军。这时，陈最良赶到淮扬，向杜宝报告说小姐坟墓被挖，尸骨被沉入湖底，并添枝加叶地把事情经过诉说一遍。杜宝一听，又气又恼，一想到女儿死了还不得安宁，他这做父亲的怎能不心疼？他恨不得把那盗墓贼捉来碎尸万段。又想到夫人和春香赶往京城，不知是吉是凶，杜宝更加忧心如焚。这时，又有人来报，说老爷的女婿求见。原来是柳梦梅到了，柳梦梅长途跋涉，一路艰险来到淮扬城下，他听说自己这位老岳父用计击退金兵，力挽狂澜，心里不由得充满敬佩，但没想到他即将栽在岳父手里。杜宝听人报说有人自称是自己的女婿，心里就十分犯疑：女儿死了三年了，哪来的女婿？后来见到柳梦梅，又见他手里拿着女儿的画像，顿时火冒三丈，原来盗墓贼就是他！杜宝不问青红皂白，立刻命人将柳梦梅拿下。柳梦梅一看大势不妙，急忙向杜宝解释，把他和丽娘因梦相恋、丽娘死而复生的事说了一遍。但杜宝哪里肯信？他正为女儿的墓被盗伤心，只认定是柳梦梅胡说八道，前来欺骗他。他让人把柳梦梅吊起来毒打一顿，并准备开刀问斩，为女儿报仇。

而此时，京城客店里，也有另一场相逢的场面。杜宝夫人带着春香，从淮扬赶往临安，一路风餐露宿，又遇到金兵抢劫，九死一生才来到京城。两人见前面有一家客店，就上去敲门，没想到开门的是丽娘。丽娘一见竟是自己的母亲和春香，她百感交集，喊了一声“娘”，就要扑到母亲怀里。而杜夫人和春香见到她都大吃一惊，以为是鬼魂现身，吓得躲到一旁。丽娘上前解释了事情的经过，杜夫人才抱住女儿大哭。三年来，她受尽了思念女儿的苦楚，如今能见到丽娘，不管是人是鬼，她都舍不得离开了。母女俩又诉说了一些别后的情形，便一起在客店里等待柳梦梅的消息。

而柳梦梅正在淮扬大牢里，受尽严刑拷打。杜宝不信他的话，认定他盗了女儿的坟墓，又前来行骗，本想立刻给他定罪判刑，但柳梦梅死不招认，杜宝只好让人狠狠地打他一顿，暂时关进牢里。不久，皇帝派人送下诏书，因杜宝抗敌有功，升为宰相，并让他班师回朝。杜宝领了圣旨，便带领一队人马赶往京城，走的时候把柳梦梅也带上了。

到了临安，杜宝朝见了皇帝，并把柳梦梅交给刑部看押。但这时，却有人报说柳梦梅中了状元，丽娘和母亲、春香也一同赶了过来。原来，报录的人赶到客店报喜，丽娘一听柳梦梅中了状元，非常高兴，但她又很着急，因为柳梦梅去了淮扬还没有消息，她让人四处打听，才知道父亲也来到临安，并拿住柳梦梅问罪。丽娘这才和母亲一起来到宰相府。杜宝见到女儿，非常吃惊，但仍不相信丽娘真的复生，只当她是花妖树精，让人把她赶出去，并上奏皇帝，请求取消柳梦梅的状元资格。柳梦梅上殿为自己辩解，皇帝听说了丽娘和柳梦梅生生死死的爱情故事，非常惊奇，也深受感动。他派人把杜丽娘叫到金殿上，当面听她诉说，并让人拿出照妖镜去照丽娘的人身，见丽娘能投下人影，证明她确实是人，而不是鬼怪狐妖。皇帝便挥手散朝，命杜宝、丽娘、柳梦梅三人回家，夫妻成亲，父女相认。

丽娘经历了生死坎坷，现在终于寻到了她当初的那个梦，而且这个梦也得到了承认，她又悲又喜，禁不住又落下泪来。杜宝才相信这一切都是真的——女儿复生。他不禁老泪纵横，父女生死相隔三年，此时才抱头痛哭，彼此相认。杜宝又觉得对不起女儿，便命人即刻为丽娘和柳梦梅准备婚礼，让他们共结百年之好。从此，杜丽娘为情而死、又为情而生的爱情传奇，传遍了大江南北。

【赏析】

汤显祖（1550－1616），字义仍，号海若，又号若士，别号清远道人，江西临川人，明代戏曲家。他出生在一个书香门第之家，二十岁中举，万历十一年（1583）中进士，官至礼部主事，因上书抨击朝政，被贬为广东徐闻县典史，后又调任浙江遂昌为知县。汤显祖对当时官吏们卖官鬻爵、贪赃枉法的行为极为不满，为权奸、宦党们所不容，最终于万历二十六年被弹劾，辞官回家。从此，他隐居故里，一心从事创作，写出著名的临川四梦，即《牡丹亭》《紫钗记》《邯郸记》《南柯记》，汤显祖继承了唐人小说和元人杂剧的优良传统，作品文词艳丽典雅，《牡丹亭》是他的代表作，“一生四梦，得意处唯在牡丹。”

《牡丹亭》写的是太守女儿杜丽娘与书生柳梦梅生死离合的爱情故事。南宋初年，江西南安太守杜宝的女儿杜丽娘，年过二八，美丽灵秀，父母对她管教甚严，用封建礼法束缚她，力求把女儿培养成德、容、工、貌俱全的大家闺秀，还请来一个年近六十的老儒生陈最良来教女儿。但丽娘正值青春妙龄，有强烈的追求自身幸福的意识。一日，她趁父母不注意，带丫鬟春香偷游后花园，被美丽的春光陶醉，后梦中与一书生相会，和书生在花园牡丹亭相亲相爱，醒来后仍思慕书生，竟相思成疾，香消玉殒。丽娘生前曾自画一幅真容小像，临终前让春香把小像藏于太湖石底，又让父母把自己葬在花园的一棵梅树下。丽娘刚殁，杜宝接到圣旨，要到淮扬抵御金兵。他按丽娘的遗嘱把她安葬好，然后举家迁往淮扬。三年后，岭南公子柳梦梅赴京应试，路过江西南安时，偶得丽娘小像，遂对画中女子产生爱慕之情。而丽娘死后鬼魂在阴间游荡，判官怜其深情，放她到阳间寻找意中人。后来丽娘魂魄在自家梅花观中遇到柳梦梅，发现他就是三年前梦中的那个书生，遂与他相好。两人恩爱数日，丽娘将真情告诉柳梦梅，柳则掘开她的棺墓，助丽娘返回阳世。丽娘复活后，两人结为夫妻，后来柳梦梅带丽娘入京赴试，又到淮扬探视岳母的下落，但杜宝见到柳梦梅后，并不相信他是自己的女婿，只当他是盗墓贼，将柳梦梅鞭笞毒打，关进大牢。待真正见到复生的女儿后，杜宝也不相认，说丽娘是花妖树精，后来柳梦梅中了状元，上书朝廷为自己辩解，丽娘也登朝申诉，在皇帝的调解下，一家人才欢喜团圆。

《牡丹亭》是一部浪漫主义爱情剧，女主人公杜丽娘是个具有叛逆性格的少女，身为官家小姐，接受封建伦理教育，但她不甘于被困在闺房里，她骨子里有挣脱束缚的因子，游园梦到柳梦梅与自己相会后，她顿时倾心相爱，不管现实中有没有这个人，她都要执着寻梦，这份痴情是她作为青年女子的本性流露。丽娘因梦慕情，为情而死，然而死却不是终结，而成为她再生的起点，死后及死而复生的丽娘已完全抛开封建道德的束缚，大胆自由地与柳梦梅相爱，并结为夫妻。杜丽娘慕情而死，又为情而生，世间痴情者莫过于她，这是人的至真本性的自然流露。凡事莫过于一死，而爱情突破生死的界限，则一切伦理纲常、道德理法都无法约束它。

《牡丹亭》用浪漫的创作手法，极力渲染夸张了青年男女热烈追求幸福爱情的力量，歌颂了真挚的爱情，强调个性解放，具有强烈的时代意义和战斗精神。汤显祖写成《牡丹亭》的时间与英国莎士比亚的《罗密欧与朱丽叶》问世极为相近，二者被称为东西方戏剧史上的“双璧”，两人各自写出了带有本国社会氛围和艺术特色的不朽悲剧，这是一种偶然，又是一种历史的必然。男女主人公对美好爱情和自由婚姻的追求，不仅是简单的个人欲望，而且是他们所处的历史潮流下的必然要求。

长生殿

盛唐时期，玄宗李隆基即位之后，继续励精图治，勤于朝政，天下一片太平，百姓安居乐业。到天宝年间，玄宗已做了三十多年的皇帝，升平日子过久了，他不免有些倦怠，渐渐寄情声色，沉湎于温柔乡中，并让人到民间广选美女，充实后宫。

长安城里有一姓杨的女儿，相传她出生时左臂上带着一只玉环，上面隐约有“太真”字样，家人因此为她取名玉环，字太真。玉环来历不凡，长大后更是非同一般，恰逢皇帝选秀，她便被选入宫中。

玄宗一见玉环，顿觉满堂生辉，三魂摄去七魄，他一生阅历女子无数，从没见过这般美貌，只觉穷尽一生，苦苦追寻的就是此人。玉环进得宫来，顿使六宫粉黛失去颜色，那回眸一笑，胜过三千佳丽的花容月貌。玄宗立刻让人选择良辰吉日，册封玉环为贵妃。封妃之时，典礼隆重得如同册立皇后一般。玉环见皇上虽然年过半百，但仍不失帝王威仪，而且对自己温柔体贴，满怀爱意，一颗芳心也慢慢安定下来，心想：若能常伴君王左右，今生也就无憾了。

玉环不但貌美，而且聪明伶俐，处处可人。玄宗起初爱她美貌，后来渐渐地一颗心都系在她身上，只觉得

杨玉环

她是人间精灵，处处洞晓人的心意，一时见不到她，就魂不守舍，时间越久，爱意越浓。一天，明皇赐玉环华清池洗浴，沐浴后的贵妃就如出水芙蓉一般，娇艳欲滴，仙姿绰约，玄宗看呆了。两人夜宿西宫，拥被而坐，玄宗掏出一枝金钗、一个钿盒郑重地交给玉环，说："爱妃，你、我之间的盟约从今夜开始，但愿以后我们永结同心，地久天长。"玉环接过金钗、钿盒，只见那金钗由两股簪子交织盘旋而成，上有飞凤蟠龙，密不可分；而那钿盒则由百宝翠花攒成，两个盒盖牢牢扣在一起，十分小巧精致。玉环深知皇上的恩深义重，也感动于一代帝王的赤诚真情，便对着那金钗、钿盒和玄宗一起立下山盟海誓，从此更加曲意承欢，把自己的千娇百媚都奉献给君王。

玄宗自从得了杨贵妃，如鱼得水，鸳鸯成双。两人日日相伴，夜夜缠绵，浓情蜜意，只恨春宵苦短。贵妃的美千种万种都说不完，明皇看不厌，爱不够，恨不得尽其所有，来博得妃子的欢心，他不但忘掉了宫中其他的妃嫔，连早朝也经常不去上了。贵妃一人受宠，也恩及家中哥姐，哥哥杨国忠拜为右丞相，三个姐姐分别封为韩国夫人、虢国夫人和秦国夫人。杨家上下，一时荣宠至极，声势显赫，荣华富贵享受不尽。玄宗疏于朝政，大权渐渐落在杨国忠手里，满朝文武无不对他奉承巴结，他倚仗妹妹的气势，为非作歹，对一些朝政大事专权独断，致使怨声四起，内外矛盾日趋严重，而玄宗只顾宠爱杨贵妃，早已顾不上这些了。

大唐疆域辽远广阔，四海升平的日子久了，难免会出现战事。西北的契丹人本来早就归顺大唐，但这时却又挑起战乱，经常骚扰边境。朝廷派边关节度使张守珪前去围剿，他帐下有一个番将名叫安禄山，骁勇善战，因恃勇冒进，吃了败仗，张守珪让人把他押到京城，听候发落。

这安禄山也不是一般的人，生来就有一副异相，身材短胖，肚皮过膝。据说他母亲生他时帐篷里放出异光，连附近的鸟兽都惊散了。安禄山不但有勇，还会谋算，他精通六种番语，能言会道，特会奉承巴结。他来到长安后，知道自己是一个犯罪的武官，稍有不慎，便性命难保。他打听到朝中最有权势的就是杨国忠，就暗中来到丞相府，给了杨国忠一大笔银子，让他在皇上面前美言几句。杨国忠见财动心，便答应替他帮忙。

安禄山朝见皇帝时，一再说自己对朝廷是一片忠心，杨国忠又在旁边替他说了不少好话。玄宗被这两个人哄得高兴，不顾其他朝臣的反对，赦免了安禄山的罪，还给他加官进爵，留做京官。这真是养虎为患，为后事埋下祸根。

玄宗一味宠爱贵妃，对于朝政上的事都不再上心，只想着怎样和贵妃玩乐。三月三日，春色正浓，正是游春踏青的好日子，玄宗携贵妃出宫共游曲江，三国夫人也随驾同行，一队人马浩浩荡荡，前呼后拥，惹人注目。尤其是那三国夫人，个个天香国色，美若天仙。其中一人看得羡慕不已，这人就是安禄山。他见皇帝身边有那样一位贵妃，又有这样几位美人，真是群花都归一个人享用，他这才知道做皇帝的尊贵和好处。

再说玄宗虽然爱着贵妃，但也风流成性。他见虢国夫人一身淡装，不施铅华，自有一番风韵，便动了心思。吃饭的时候，玄宗独召虢国夫人饮宴，宴席上，两人推杯换盏，眉来眼去，互相都有了意思，不久便携手入帐，同枕共欢。贵妃知道此事后，又是伤心，又是妒忌。她自进宫后，倍受宠幸，夜夜与君王相伴，而今晚却让她孤枕独眠。虽说是自己的姐姐，但也容不下这口气。一气之下，她便一个人回了皇宫，对着金钗、钿盒哭得泪人一般，想当初皇上赠送定情物时是何等的恩爱情浓，而现在却宠幸他人，怎么能不让她伤心落泪？

而玄宗和虢国夫人一夜欢爱，本有些恋恋不舍，想要她同入后宫，但见贵妃吃醋，虢国夫人再三推辞，弄得玄宗很没情趣。后来贵妃又撇下他，一个人回宫了，他又气又恼，一时气极，便命人用一辆小车，把贵妃遣送回杨国忠的府中。

杨贵妃没想到皇上会这样狠心，竟抛下多日的恩爱，将她逐出后宫。她终日以泪洗面，思量伴君如伴虎，一旦触怒龙颜，不管多少恩情，都付诸东流。贵妃入宫多日，没有受过这样的委屈，玄宗那样宠爱她，她渐渐把皇上看成她一个人的，觉得爱情不能容第三者插足，即使他是皇上，也不想让他再去宠爱别的妃子，所以当她看到皇上和姐姐共度良宵之时，她伤心恼恨，忘了他是皇上，忘了他有生杀予夺的大权。此时，遭到这种变故，杨贵妃芳心大乱，一想到以后再也见不到日夜厮守的皇上，便心如刀绞，虽然她有些恼恨他，但心里还是万般不舍。而她一人出宫，杨门上下惊恐，生怕贵妃失宠，他们全家的荣华富贵都成为泡影。杨国忠赶紧入宫谢罪，期待事情有所转机。

而玄宗遣走贵妃，转身就后悔起来。贵妃一走，西宫院里冷冷清清的，虽然仍有青草铺地、繁花满枝，但明皇总觉得不是滋味，贵妃的千般好处涌上心头。又听说她出宫时，满面泪痕，哭得很伤心，玄宗心里更是心疼不已。他想再召贵妃回来，可又想到自己是皇帝，一言既出，怎么好意思再开口反悔？可贵妃不回来，他的生活顿时失去情趣，不知道以后的日子该怎么过。玄宗一个人在贵妃的西宫里踟蹰徘徊，没情没绪，两个内侍太监先后来劝他进膳，都被他罚下去各打一百棍，吓得其他人再也不敢上前说话。

这一切都被近身太监高力士看在眼里，高力士跟随玄宗多年，很会揣摩皇帝的心意，玄宗也非常信任他，他说的话比一般大臣都管用。此时，他见皇上逐出贵妃，似有悔意，便悄悄溜出宫来，来到杨国忠的宰相府。

而这时，杨贵妃正在家里啼哭，一双眼睛哭得红肿，头发散乱，花容憔悴。高力士来到跟前拜见，她如惊弓之鸟，以为又有什么变故。当高力士说出皇上已经后悔，正在思念她时，她才转忧为喜。高士力又劝她送给皇上一件能感动圣心的信物，好让皇上再接她回宫。贵妃一听，又流下泪来，想到能表明自己心迹的，唯有这千行清泪，但这不能拿丝线串起，送给皇上。她想了又想，看到自己的满头青丝，便拿起剪刀剪下一缕，交到高力士手中，说："把这个送给皇上，说妾身罪该万死，不能再陪伴左右，就让这缕青丝陪在皇上身边吧。"高力士接过贵妃的头发，转身回宫了。

高力士回到宫中，玄宗还在惆怅哀叹，他一想到自己发了龙威，让爱妃受了委屈，便十分心疼。高力士趁机献上贵妃的头发，说明贵妃一番悔过依恋之意。玄宗接过头发，想起多日来同床共枕，这青丝就伴在枕边，而如今恩情中断，佳人已不在宫中，他不禁流下泪来。高力士见时机成熟，便提出召回贵妃，给玄宗找了个台阶下。这高力士不愧是贴身近臣，皇上宠爱杨贵妃不同于一般的妃子，他非常明白，现在两人情深意浓而中途出了变故，他自然要从中牵线搭桥，为皇上排忧解难。玄宗听他提议，自然非常高兴，立即下旨召贵妃回宫。

两人再次见面，有诉不尽的相思之情。为弥补这次过失，玄宗更加宠爱贵妃，比往日恩情更添百倍，贵妃

对皇上也更加温柔体贴，尽心侍奉。玄宗是个风流皇帝，也非常有才华，他通晓音律，善于听曲，宫中设有一班梨园子弟，常常让他们谱曲演奏。以前，皇上最爱梅妃的“惊鸿”舞。梅妃是贵妃进宫之前最受宠爱的妃子，后来贵妃受专宠，她便被贬入冷宫。贵妃为讨明皇欢心，打算再谱一首新曲，压过梅妃的“惊鸿”舞。杨贵妃是个多才多艺的女子，经常在琴、棋、书、画方面别出心裁，弄出一些新花样，每每让皇上大为惊叹。玄宗固然爱她的美貌，但更爱她的才华，两人论起才艺来，不相上下，真是互有灵犀，一点就通。宫中的妃嫔，没有一个比杨贵妃更理解玄宗的，这也是玄宗如此宠爱贵妃的原因。贵妃知道皇上偏好音乐，一般的曲子入不了他的耳目，她便仔细推敲，精心研究，决心谱一首人间未有的仙曲。一日晚睡入梦，贵妃梦到自己来到月宫，见桂树之下，有一群仙女，身着素衣红裳，正在演奏一首乐曲，那声音清高流转，动人心魄，贵妃非常惊异，自己就不知不觉融入那音乐中。一觉醒来，那仙曲音节宛然在心，贵妃便一一记下来，制成新谱，玄宗一见，赞不绝口，两人又并肩细加校对，试着按谱演奏一番，竟与那原曲毫无二致。因那月宫仙女尽着霓裳羽衣，贵妃便以“霓裳羽衣”定为曲名，玄宗高兴地说：“好个‘霓裳羽衣’，真是曲妙，名也妙，爱妃真是天下第一妙人儿！”贵妃见玄宗高兴，自己也很开心，便让人先抄曲谱，自己亲自指授，传与宫中伶官李龟年等，然后再教习梨园子弟。从此，玄宗与杨贵妃常常在“霓裳羽衣”曲中朝欢暮爱，相携相得。

贵妃喜欢吃荔枝，而荔枝产于广西、广东等地，这两地距京城都有几千里之遥，那时交通不便，而荔枝过了七天就坏掉了，玄宗为了让爱妃吃上新鲜的荔枝，就让人骑快马日夜不停地从广西、广东两地送荔枝到京城。为了不延误时间，两路特使只得取近道拼命赶路，一匹马接换一匹马，不敢有半步停留，所以这其间不知累死了多少马匹，踏坏了多少良田。此事引起民间怨愤，而玄宗只想着看贵妃的笑容，已顾不上这些。

六月初一，是贵妃的生日，长生殿里一片喜庆气氛。玄宗让人准备盛大的喜宴为贵妃祝寿。一时管弦齐奏，笙箫长鸣，乐音绕梁飘荡。贵妃与玄宗把酒问盏，互相祝福，一会儿荔枝到了，宫女们呈上来，贵妃剥开那新鲜的荔枝，品尝那人间美味，开心地笑了，为感谢玄宗深恩，她要亲自起舞一曲。贵妃命人拿出一面流光溢彩的翠盘，自己换上舞衣，待“霓裳羽衣”曲奏起，她便跃上翠盘，翩翩起舞。贵妃身段

婀娜，她一舞似彩云飘荡，又似新荷迎风，满身罗绮含光，四面扇底生风，真可谓袅娜万状，千姿百态！忽又一阵急舞，身体飞旋，如轻燕翻飞，数条白练环绕，似要腾云驾雾而去。忽然鼓停乐止，长袖缓缓飘下，露出婀娜身姿，亭亭立于翠盘之上，真不啻仙子临凡。玄宗简直看呆了，他找不出词语来形容贵妃的美，只觉得他要把她拥在怀里，不让她飞走。贵妃上前来谢恩，玄宗解下自己佩戴的八宝锦香囊，亲自给贵妃戴上，扶她到座上休息，又饮了数杯，生日宴会才算散了。

转眼到了七月初七，这是七夕节，也是乞巧节，人间女子常常在这一天晚上，向夜空叩拜，乞求织女赐给自己心灵手巧以及福禄安康。贵妃进宫多日，又经过一些波折，已经把事情看明白，虽然自己承受百般宠爱，可皇上是九五之尊，拥有三宫六院，难保他不朝三暮四，喜新厌旧。前几天，玄宗就背着她与梅妃暗中来往，若要与皇上永远相伴相随，那真是难上加难的事情。贵妃想到这里，有些伤心。又当牛郎、织女相会的时候，她触景生情，倍添伤感，想那织女、牛郎虽然一年才相见一次，但他们却是生生世世都为夫妻，永不分离，而自己和皇上虽然日日相伴，却难保中途不出变故。贵妃越想越悲伤，就命人摆下香案，供上茶果，在长生殿里向牛郎、织女双星祷告起来。

贵妃正在向夜空焚香祈祷，玄宗悄悄走来，他听到贵妃在说一些愿钗盒情缘天长地久之类的话，心里很感

唐明皇

动，又见她眼中似乎含泪，更添几分心疼，玄宗便走到贵妃身旁，也跪下来向上天发下誓愿："双星在上，我李隆基和杨玉环，恩重情深，愿生生世世都为夫妻，永不分离。特在此盟誓，请双星做个见证。"贵妃没想到皇上会来到这里，更没想到皇上会发下这样的誓言，她激动得泪流满面，紧紧靠在玄宗的怀里，说："臣妾深感陛下圣恩，今夜之盟，玉环当生死信守。"此时此刻，他们不再是皇帝贵妃，而是平常的人间男女，在向自己深爱的人诉说衷情，从此之后，两人更加情深意切，恩爱甚笃。

如此过了十几年，玄宗与贵妃相爱相携，安乐无事。可渔阳一片鼓动鞭响，惊散了他们永成夫妻的美梦。一天，玄宗与杨贵妃正在御花园里饮酒赏花，宰相杨国忠匆匆跑进来，喊道："万岁，不好了，安禄山起兵造反，已杀过潼关，马上就到长安了！"玄宗一听大惊失色，贵妃也惊得花容惨变。

闹到这步田地，都是玄宗一手造成的。当初安禄山以戴罪之身来到京城，经杨国忠多加美言，玄宗就免了他的罪，封为京官。后来又因安禄山能言会道，常哄得皇帝开心，玄宗就又封他为平西郡王。安禄山自得宠后，一改过去的卑躬屈膝，张扬跋扈起来。杨国忠怕他动摇了自己的地位，便又在玄宗面前弹劾他。两个人互相攻击，毫不相让，玄宗见他们老是争吵，无法同朝共事，就让安禄山出任渔阳节度使，离开京都。安禄山一出京城城门，就像离开樊笼，更加肆无忌惮，他在皇上跟前，见识了当皇帝的好处，自己早就想弄个皇帝当当，只因京城有文武百官，他不敢造次。而到了渔阳，安禄山便招兵买马，又勾结史思明及塞外诸藩，不久就拥兵百万。也曾有人向朝中报信，说安禄山想造反，而明皇曾一再宠信他，不相信他会反叛。如今安禄山真的打出“杀国忠，清君侧”的旗号，带百万精兵，杀奔长安而来，玄宗急得六神无主，后悔当初不该错信他，可再怎么悔恨也于事无补。

杨国忠一向只会弄权，根本不懂什么军国大事，他可不想等着安禄山来杀他，便向玄宗进言，让皇上带贵妃及后宫妃嫔离开长安，先避往四川，等护卫朝廷的军马打败叛军，再还师回朝。玄宗此时心乱如麻，一时想不出别的对策，只好同意杨国忠的建议。一时间朝野混乱，后宫更是凄惨，有不愿逃走的宫女妃子，大都自尽或四散离宫。第二天，玄宗和贵妃在三千羽林军的护卫下离开长安，赶往四川。堂堂大唐天子，竟落得出

杨贵妃上马图

逃的地步上，玄宗不禁伤痛满怀，后悔不已，又想到让贵妃受颠沛流离之苦，更是心痛哀伤，贵妃只好从旁劝解，让他宽心。

当人马出宫一百多里，来到一个叫马嵬坡的驿站，三千军士忽然停下不走了，只听到有人高喊："安禄山造反，全因杨国忠弄权，若不杀此贼，我们誓不前行。"呼声一声高过一声，全军将士一齐应喝，喊杀声震天动地。玄宗和贵妃还没明白是怎么回事，杨国忠就被军将们揪住，乱棍打死了。御前侍卫陈元礼前来奏报此事，玄宗见他们先斩后奏，知道此刻若不听从他们，便左右不了局面，只好免了他们擅杀的罪责，命令三军赶快启程。可皇帝圣旨已下，竟无人听从，陈元礼再次上前复奏，请求诛杀贵妃。玄宗一听，大惊失色，几乎用哀求的声调说："杨国忠有罪该杀，贵妃常年在宫中，又不曾干预朝政，有什么罪过？你们怎能这样无礼？"而这时"不杀贵妃，誓不保驾"的呼声又扑天盖地而来。

杨贵妃刚才听到兄长被杀，已经哭成一个泪人，此时听到要杀自己的喊声，知道今日自己若不死，便不能平息这场变乱。她哭倒在玄宗面前，说："臣妾蒙受皇上深恩，此生难报，今事态危急，请赐玉环一死，以安抚军心，只要皇上平安无事，玉环虽死犹生。"玄宗听贵妃这样说，心如刀绞，两人恩爱多年，怎么能让她去赴死？他抱住贵妃说："你若死了，我活着还有什么意思？又要这江山社稷有什么用？"杨贵妃实在不想死，她不想抛下皇上，不忍心让他一个人孤苦残生。可是她不死，皇上就有可能会死，大唐的江山社稷也会被说成毁在她手里。她不想承担这样的罪名，于是又再三请求一死。玄宗无奈，掩面而泣，江山、美人他都不想舍弃，如果硬让他选择，他宁愿只要玉环，不要江山。可那样会落下千古骂名，也对不起列祖列宗。此刻他才明白什么叫身不由己。作为天子，平时呼风唤雨，而现在连自己心爱的人都保不住，他还不如平民百姓。而生死一别，就在顷刻之间，玄宗掩面之际，贵妃已自挂白练，缢于一棵梨树之下。她临死时，吩咐高力士好好照顾皇上，又让他把金钗、钿盒放在自己身上一起入葬。一代皇妃就这样香魂缥缈了。玄宗见了，只觉万箭钻心，而军士们则山呼“万岁”，他们把平日对皇帝的不满，对贪官污吏的怨气，以及今日对叛贼反将的仇恨，都发泄在受宠的贵妃身上。最后玄宗让高力士用锦被裹了贵妃的尸首，又把金钗、钿盒放在她身上，就在马嵬坡前，把贵妃草草地掩埋了。三军这才护着玄宗向四川行去。

而安禄山自破了潼关，率军长驱直入，如入无人之境，不几日便占领了长安。他见中原江山，都归他一人之手，高兴得忘乎所以，自称“大燕皇帝”。而那原来唐王朝的文武百官大都投降了新主子，同样对安禄山跪拜朝见，山呼“万岁”起来。只有一个梨园伶官雷海青大骂安禄山忘恩负义，被安禄山杀害。可见往日食君禄、受君恩的文武大臣，还不及一个操琴弄笛的乐工。

再说玄宗自马嵬坡痛失爱妃，一路失魂落魄，由三军护送到四川成都后，他便让位给太子，自己做了太上皇。玄宗在成都日夜思念杨贵妃，每日都泪痕不干，他已是风烛残年，国家遭变，又失去心爱的人，只觉得苟活在世上，还不如和爱妃一起死去。高士力怕太上皇伤心过度，让人打造了一座贵妃的雕像，放在为贵妃建的庙中供奉。那贵妃像雕得栩栩如生，眉眼神态都与贵妃一模一样，明皇乍见，还以为是爱妃再生，他上前一摸，才知道只是一具雕像而已。玄宗对着那神像，更加黯然神伤，昔日情爱一起涌上心头，又想那七月初七长生殿里的山盟海誓，他觉得自己愧对爱妃，辜负了她的一片深情，他因为自己是皇帝而得到这个女子，又因为自己是皇帝而失去这个女子，如果有来生，他玄宗情愿自己是个凡夫俗子，和杨玉环做一对平凡夫妻。

玄宗在这里百般思念杨贵妃，而杨贵妃死后，她的芳魂一直在马嵬坡附近游荡。她一点都不怨恨玄宗，能为他去死，保住他的性命和宗室江山，她心甘情愿。杨玉环又思量自己生前往事，虽然她没有故意作孽，但她爱的是皇上，皇上把心思都放在自己身上，自然就疏于朝政，愧对黎民百姓，而且哥哥、姐姐也因为自己受宠，做了不少坏事，这些，都不能说不是自己的罪过。杨玉环终日在马嵬坡前徘徊忏悔，孤魂游荡，恰逢织女去见玉帝，行到此处得知她的遭遇，很同情她，便向玉帝奏明情况，请下一道玉旨，赦免了她的罪，让她重回仙界。原来这杨玉环本是天界的蓬莱仙子，偶因犯错，被贬谪人间，如今玉帝念她诚心悔过，便让她返回仙籍，仍居蓬莱仙院。杨玉环谢过织女，来到坟前，用玉帝赐的金浆玉液洒遍肉身，她便魂附原体，死而复活了，然后返回仙界，仍做蓬莱仙子。杨玉环虽身居仙位，但仍思念在凡间与明皇的情义，当年七月初七长生殿上的盟誓，仍言犹在耳。她把金钗、钿盒藏于怀中，片刻不离身，想起人间的明皇，便牵肠挂肚，担心他无人照顾，心疼他独受凄凉，只盼能再次相会，重续前缘。

一年之后，大将郭子仪收复长安，平定安史之乱，玄宗率众人回到京师。他和高力士一起来到马嵬坡前，命地方官重新为贵妃下葬，建造坟茔。可打开贵妃的棺木后，却发现是个空穴，只留下一个香囊。明皇手托着香囊，认出那是当年贵妃过生日时自己赠给她的，可现在香囊虽在，爱妃的肉身却不知去向，他不禁又泪流满面。高力士等人怕他伤怀，又劝说贵妃可能已经升仙了，这本是劝解他的话，但玄宗却愿当真，他觉得爱妃成仙，他的心才能好过些。最后明皇只好让人把那香囊连同贵妃的衣袜，一起葬入墓中，为杨贵妃建了衣冠冢。

玄宗回到宫中，仍思念贵妃。西宫院里，景物依旧，但物是人非，玄宗夜宿在两人曾同床共枕的龙榻之上，卧听外面的梧桐细雨，那夜雨敲打着梧桐树叶，一声一声好似打在他的心上，让他难以成眠。他想赶快睡着，好让爱妃入他的梦来，却一次都梦不到，多少日夜的思念，让他全白了头发，那万种的凄凉更是无人诉说。

李、杨二人的真情早就感动了一对夫妻，这就是天上的牛郎、织女。当年他们于七夕之夜对天发下盟誓的时候，牛郎、织女就见证了他们的爱情，现在见他们二人天人相隔，就有心帮他们一把。先是织女帮杨玉环重返仙界，也是感于她的痴情。这晚又逢七夕，牛郎、织女鹊桥相会，夫妻俩诉说离别之苦后，就商量着如何让玄宗和杨玉环再结情缘。

后来玄宗过度思念贵妃，已相思成疾，想起当年汉武帝思念李夫人，曾让人召魂一事，便让高力士找来一个颇有神通的道士，这道士名叫杨通幽，他深为玄宗的痴情感动，答应为贵妃召魂。杨通幽四处寻找贵妃的踪迹，他先后到天上、地府打探，都没有找到贵妃。后来织女前来指点，让他到大海之外的蓬莱仙山去找。杨通幽来到蓬莱，果然见到昔日杨贵妃，他把玄宗如何思念贵妃，如今已卧病在床的事说了一遍。杨玉环听了肝肠寸断，泪如泉涌，她把金钗劈成两股，钿盒分成两半，让杨通幽各带一半献给玄宗，以慰相思。杨通幽接

过钗、盒，又让贵妃说一件与玄宗之间的秘事，他好回去交差，让玄宗相信贵妃确实成仙。杨玉环想了想，便将当年二人于七夕之夜在长生殿上盟誓，要生生世世做夫妻的事说了出来，并说此事只有他们二人知道，回去说与玄宗，玄宗定会相信。杨通幽见事情办妥，起身告辞，杨玉环又急忙喊住他，说："今年八月十五夜晚，月中大会，嫦娥仙子演奏霓裳羽衣曲，恰好此夜，是上皇飞升之时，烦劳仙师届时引上皇来月宫，我会在那里等候。切莫错过机会，否则我们就永无见面之期了。"杨通幽领命而去。

杨玉环最后一番话，都是缘于织女的帮忙，织女和夫君牛郎感动于他们的深情,才给他们制造了这个机会。当年杨贵妃梦中到过月宫，记下月中仙曲，制成新谱，定名为"霓裳羽衣"，那曲子确实是嫦娥故意传给她的，后来发现经过杨贵妃一番谱制，那乐曲演奏起来竟比月宫中的原曲还要动听，所以待杨贵妃返回仙界后，嫦娥特派侍女前去借谱，要在十五月圆之夜演奏。织女知道此事后，便借这个机会把李、杨二人的事情细说给嫦娥，请嫦娥借一片宝地，安排他们相会，让他们重续前缘。娥嫦愿意成就一桩好事，便欣然应允，所以才有了上面那八月十五月宫相会一说。

杨通幽回到皇宫，把携来的一半金钗、钿盒交给玄宗，并把见到贵妃在蓬莱仙山的事说了一遍。玄宗听到爱妃果然成仙，非常高兴，病就去了大半，只等到八月十五与爱妃见面。

又过了半个多月，终于到了中秋之夜，月华满地，夜色如水，玄宗望着那皎皎明月，心潮澎湃。月上中天的时候，杨通幽来到皇宫，他手中拂尘一扬，一道仙桥顿时横空出现，玄宗上桥直奔月宫而来。而蓬莱仙子杨玉环早在月宫桂树下等候，两人见面，百感交集，千言万语也难以诉说那离别之苦，唯有紧紧相拥，让彼此的都听到对方的心跳。此时“霓裳羽衣”曲奏起，玉帝感念二人深情，命他们再续前缘，永为夫妇。李隆基、杨玉环便谢过众神，前往玉帝赐的忉利天宫，生生世世做夫妻去了。这一对地下的连理枝，终于又做了天上的比翼鸟，天长地久虽有尽头，但他们的爱情却绵绵长长，永无绝期。

【赏析】

洪昇，字昉思，号稗畦，又号稗村、南屏樵者，浙江钱塘人。他生于顺治二年，出生在一个官宦之家，早年生活条件优裕。曾随陆繁绍、毛先舒、朱之京等一些心怀明朝的人受业，思想也颇受他们的影响。洪昇青年时热衷功名，二十三岁就成为北京国子监监生，但此后辗转京都十几年，都未取得功名。康熙二十七年，洪昇经过十年的苦心孤诣完成《长生殿》，这部悲剧上演后引起极大的轰动，“一时朱门绮席，酒社歌楼，非此曲不奏，缠头为之增价。”但在剧本写成后的第二年，因在佟皇后国丧期内上

【千秋绝艳图】卷 局部 ［明］佚名 中国历史博物院藏 75－7

【千秋绝艳图】卷 局部 ［明］ 佚名 中国历史博物馆藏 75-7

演，洪昇被革去监生的职务。不久，洪昇带全家回到故乡杭州，晚年寄情山水。康熙四十四年，他出游南京，归来途经乌镇，酒后落水而死，享年六十岁。相传洪昇的戏曲作品有九种，现保存下来的只有《长生殿》和《四婵娟》，此外还有《稗畦集》《稗畦续集》《啸月楼集》三种诗集。

洪昇写《长生殿》曾前后三次易稿，初稿名为《沉香亭》，是“偶感李白之遇”，抒写个人怀才不遇，感叹身世飘零；二稿为《舞霓裳》，写李泌辅助肃宗中兴唐朝的故事；三稿即为《长生殿》，专写唐明皇李隆基与贵妃杨玉环的钗盒情缘。天宝初年，四海升平，唐玄宗倦于朝政，开始广选美女。杨玉环于此时进入后宫，深受明皇喜爱，册封为贵妃，并得到专宠。杨贵妃不但有绝代容貌，并且聪明伶俐，善解人意，尤其精通音律，曾作“霓裳羽衣”曲，得到明皇的赞赏。明皇赠给她金钗、钿盒作为定情之物，二人感情渐渐超过一般帝王与后妃的情感。明皇因宠爱贵妃，拜其兄杨国忠为相，又封了她三个姐姐为夫人，杨门上下，荣宠至极。其兄姐仗贵妃之势难免做些穷奢极欲、贪赃枉法的事；贵妃也恃宠而骄，曾因吃醋明皇召幸姐姐

虢国夫人而被遣出宫，但很快又被召回，一出一进，明皇觉得离不开贵妃，则倍加宠爱。贵妃喜欢吃荔枝，明皇让特使从千里之外的广东、广西两地加急进献。为赶时间，路上累死了无数马匹、使臣，踏坏无数良田，引起民间怨愤，但明皇只顾讨爱妃欢心，已顾不上这些。后来，两人于七月初七长生殿上，对牛郎、织女双星发下生生世世做夫妻的誓愿。两人情浓意浓，恩爱无比。但因明皇长时间疏于朝政，误用平庸奸邪之人，激化各种矛盾，造成安史之乱，惊散了他们的夫妻美梦。明皇出逃四川，途径马嵬坡，三军将士兵谏，把皇帝误国的罪责都推到受宠贵妃的身上。无奈之下，杨贵妃自缢身死。她死后，得到织女的同情，帮她重返仙界，做蓬莱仙子。原来她前身是蓬莱仙山的太真玉妃。身处仙境的杨玉环仍思念与明皇之间的情爱，明皇也因贵妃而终日寡欢，日夜思念。织女念他二人曾在长生殿上盟誓，感其深情，便又帮助他们在仙界重续钗盒情缘。从此，李、杨二人得以生生世世做夫妻，实现当年长生殿上发下的誓愿。

《长生殿》写帝王与后妃的爱情。这与一般才子佳人的故事不同，因为身份的特殊，其爱情也必然要受政治影响。如果抛开二人帝王贵妃的身份，李隆基自宠玉环，玉环自爱李隆基，两人费尽心思取悦对方，共同追求至纯至圣的爱情，本是无可厚非的。

但事实却无法抛开他们特殊的身份，李隆基作为一个皇帝要宠爱自己的爱人，极力抽出时间陪伴她，费尽心思讨好她，自然会疏于朝政，甚至误用奸人，引起政治矛盾激化。杨玉环作为一个贵妃，要去爱自己的丈夫，当然要倾其身心才艺来讨好丈夫欢心，让他永远陪伴在自己身边，不去思慕别的女人，但这样使作为皇帝的丈夫沉湎于安乐，忘了做皇帝的责任，所以他们之间自然的爱情追求与帝王后妃的身份角色是有不可调和的矛盾的，其悲剧的结局也是必然的。唐明皇因为是皇帝得到杨玉环，也因为是皇帝而失去杨玉环，政治与爱情之间失衡，则受伤的必然是爱情。

《长生殿》结尾以团圆结局，但那也是在杨玉环死后而不是生前，死成了一种解脱，只有死去，人世间的种种束缚才能彻底抛下，什么伦理纲常，什么帝王后妃，统统都可以不顾了，只剩下一双相爱的灵魂，走入至纯、完善的境界。但这种团圆毕竟是虚幻的，只有天上才能达到那种至纯至圣的情缘，那生活在世间的芸芸众生，又怎么能到天上？所以悲剧的团圆不过是一种心理上的补偿，而其背后却隐藏着作者深深的失落与惆怅，悲剧终究是悲剧，越加粉饰，越见其悲。

洪昇写《长生殿》不是写历史，而是写历史的感受，他感叹强盛繁华之梦的幻灭，感叹爱情难以永久，感叹红颜薄命，感叹身世飘零，他是借李隆基与杨玉环的爱情故事呼唤人世间的至情，“今古情场，问谁个真心到底？但果有精诚不散，终成连理，万里何愁南共北，两心哪论生和死？……借太真外传谱新词，情而已”，这原剧中的一句话，大概是作者的心声吧。

娇红记

成都有一户姓申的人家，家主申庆，娶妻王氏，生有两个儿子。长子申纶，已经成亲，次子申纯，尚未婚配。申家世代书香，申纶兄弟俩也是饱读诗书，只是天运不巧，去年兄弟二人同去科场应考，却都落第而归。申纯年已二十，素有凌云壮志，此次落榜，他心中十分不快，终日郁郁寡欢，父母怕他弄出病来，就打发他到眉州舅家散心。

王氏夫人有个兄弟名叫王文瑞，现任眉州通判，两家关系原来十分亲密，交往也很频繁，只因前几年王文瑞到眉州做官，彼此来往才少了些。申纯拜别父母和兄嫂，一路朝眉州走来，当时正是东风拂柳，春色正好的时候，沿路的美丽景致，使申纯心中的郁闷之气去了大半。不几日来到舅家，申纯拜见舅舅、舅母。王文瑞夫妇几年不见申纯，今天见这外甥已长成一个风华少年，神采奕奕，英气逼人，心里都有几分喜欢，忙叫仆人摆下酒席，为外甥洗尘。

酒席吃到一半，舅母赵氏让丫鬟飞红去请小姐来拜见表哥。原来王家有一儿一女，儿子善父，刚刚六岁，年纪尚幼，女儿娇娘正是二八年华，生得花容月貌，姿态娉婷。她出生时，母亲梦见有天上仙女送给自己一朵娇艳奇花，美丽异常，所以，王氏夫妇给女儿取名娇娘，视为掌上名珠。因申纯是姑家表哥，不是外人，小时候又是极相熟的，所以此时赵氏才让人把女儿叫出来，让他们兄妹见个面。

不一会儿，娇娘随丫鬟飞红来到前厅，向表哥申纯施礼。两人四目相对，皆顿觉眼前一亮。申纯见这表妹轻移莲步，似弱柳拂风，向前一拜，俏然而立，又如娇花照水，他不觉看呆了，一下子神魂摇荡。而娇娘见申家表哥眉清目秀，仪表堂堂，不觉明眸又添光彩。两人小时候是在一起玩过的，没想到几年没见，竟各自长成才子佳人。此时一见，两下里心潮澎湃，都为对方的风采倾倒。

赵氏夫人见两人只顾呆看，忙提醒女儿向表哥敬酒，娇娘端起酒杯来到申纯跟前，推杯换盏之际，两人又偷眼观看。申纯见娇娘粉面含羞，清纯娇媚，那春情可人的模样似在梦里见过。娇娘见申纯意气风发，神采飞扬，那潇洒的书生气度好像十分相熟。两人刚刚见面，竟都有相识已久的感觉。申纯心里高兴，一连饮了几杯，娇娘怕他喝醉，让飞红不要再给他倒酒。飞红见这二人眉目传情，暗送秋波，早已看透了两人心思，不免说笑两句："小姐与申家哥哥初次见面，这么快就

成相知了。”娇娘也不理会她，心神都被申纯深深吸引着。

宴席散罢，申纯就暂时在王家住下，王文瑞让外甥帮自己料理一些公事。而娇娘与申纯自第一次见面后，两人就各自结下一段心事。当时正是春天，一场雨来，打落了无数杏花，娇娘一人坐在闺房里，看杏花零落，不免有些伤感起来。她自幼聪慧过人，习读诗书，过目不忘，诗词文章，样样精通，也看过许多才子佳人的故事，渐渐对人生大事有了自己的主张，她觉得人生在世，能觅得良偶，共享百年之好，是人间最大的幸福。一个聪明俊秀的女子，宁可学卓文君私奔相如，也不可蹉跎不前，错过美好的爱情。若能两情相悦，即使今生不能相伴，葬身于荒丘，待来生再结情缘，也没有什么遗憾的。娇娘柔弱的外表下，自有一颗刚烈的心。她自从见了申纯后，觉得他不管是才学还是相貌，都与自己十分般配，是个可以托付终身的人。但自己是个女孩儿家，又不知那表哥对自己是否也有爱意，所以她不敢大胆表露，只能对风流泪，见花伤神。这时，飞红走进来，见小姐一副神情恍惚的样子，早猜透了她的心事，便上来与娇娘攀谈。两人从伤春谈到找什么样的夫婿满意。娇娘不爱财，不爱只有才华而负心薄情的风流书生。她要找一个与自己真心相爱、永结同心的人，长相厮守，生死相依。飞红点破她的心思，说眼前符合小姐心意的，只有申纯一人。娇娘怕被飞红看破心事，又羞又怒地呵斥了她几句。飞红见她恼了，便抽身出来，心里也有几分不快，心想：你若想做莺莺，我倒也可以做个红娘，又何必装模作样地连我也欺瞒？她一边生气，一边回到夫人房中。

飞红走后，娇娘仍一个人在房中发呆，不时叹息一声，突然闪进一个人来，她抬头一看，竟是申纯。申纯说："妹妹，我从外面路过，见你一个人倚床长叹，可是有什么心事吗？""现在天晚了，春寒逼人，表哥不觉得吗？"娇娘答非所问。申纯正要说些别的，娇娘却说自己怕冷，站起身要关房门。申纯只好退出来，他一个人站在门外，走也不是，不走也不是。这些日子，他的心都被娇娘的身影纠缠着，只要一静下来，娇娘美丽的容貌就钻进他脑子里，他挥不去，也赶不走。申纯知道自己害上了相思病，他几次在院中碰到娇娘，都感觉娇娘对他如迎还拒，欲近又远，他用言语试探，娇娘也是左右搪塞，不入正题。他摸不透娇娘的心思，一颗心像被吊起来，忽上忽下的，让他茶饭不思，夜难成寐。今天，申纯见娇娘一个人倚床长叹，满面忧愁，似有动情之意，他才贸然闯进去，想借机探问一下娇娘的心事，可现在他又被推拒出来，心里又添惆怅，倍觉感伤。申纯在阶前徘徊半天，想再冲进去向娇娘说明自己的心事，可又怕唐突了佳人，左思右想，最后才恋恋不舍地回到自己房间。

而娇娘知道申纯是有意来试探自己，只要是双方都存了心思，一句言语，一个动作都非常敏感，娇娘冰雪聪明，又岂能不知申纯的意思？只是她觉得这感情来得太快，自己还没有做好心理准备，而且女孩子天生怕羞，不觉要保护自己，所以每次对申纯的话都佯装不懂。这次她又把申纯赶出去，心里也有些不忍，好几天都郁悒不快。娇娘的心事无处诉说，身边的丫鬟只有飞红一个人能理解，但又怕她嘴不牢靠，说漏出去；而丫鬟小慧年纪尚小，不懂世事，她把情思埋在心里，又要提防被别人发现，日子实在不比申纯好过。一天，娇娘和飞红在花园散步，两人不知不觉地来到申纯的房间，见申纯不在屋里，便走了进去。只见他房里四面墙壁上都贴满了诗词，细细读来，皆是好诗篇。娇娘一转身，见窗上也题了一首，墨痕还没干，显然是新写上去的，那诗为：“月影萦阶睡正醒，篆烟如缕午风平。玉箫吹彻霓裳调，谁识鸾声与凤声。”飞红看了说：“这申家哥哥是在卖弄文学，姐姐你也和他一首吧。”娇娘明白申纯是在顾影自怜，叹知音难觅，抒发满腔幽思和郁闷之情，她便提笔和了一首：“春愁压梦苦难醒，日迥风高漏正平。魂断不堪初起处，落花枝上晓莺声。”飞红一边读，一边拍手叫好说：“和得真好！姐姐，你和申家哥哥正好成一对儿！”娇娘又装出生气的样子，要打飞红，飞红俏皮地笑笑，拉娇娘出去了。

申纯回来后，见娇娘和的诗，细细品味，觉出其中似有深意，他高兴得手舞足蹈，心想一定要再找个机会，把这情思当面说开。而娇娘心里也放不下申纯，但她却想得很多，经过多日的碰撞试探，申纯的心思在自己身上，她已经很明白，只是她还不能完全确定申纯的品性。娇娘心想：万一他朝三暮四，薄情寡幸，自己这辈子就完了。自古以来，婚姻不能自主，有多少佳人，错配了薄情郎，以致终生含恨。世间像我这样为情愁苦的女子，恐怕会有很多吧。那天见了申纯的诗，她对申纯又有了进一步的了解，自己才情不自禁地和诗一首，第一次透露了自己的心迹。

又一夜寒风，这春天突然变冷起来，娇娘起来梳妆完毕，让人打开暖阁，自己坐在炉前烤火。申纯远远地望见她，便折了一枝梨花走上前来。他见娇娘并不起身相迎，就把花丢在地上。娇娘不知道他是什么意思，便弯腰把花拾起来，心疼地吹去上面的尘土，略带不满地说："哥哥既折了此花，为何又把它扔在地上？"申纯则说："梨花带雨，却不知道它为何愁苦？也不知道花心是否与人心相似，怕它无情，所以只好放弃了她。"他借花说人，语带双关。娇娘自然明白其中意思，也语意婉转地说："想它夜来盛开，供人玩赏足矣，哥哥何必强求太多？这花泪盈盈，花枝倒是瘦了，想必是因为多情，才这样消瘦伶仃吧。人面也如花容，只怕人心还不似花容持久，风儿一吹，就零落在黄昏后了。"申纯一听，高兴地说："多谢妹妹允诺，你可不要反悔！"娇娘也

笑了，说：“我允诺了你什么？”申纯也不言明，只说：“你自己心里明白。”两人借题发挥，互通心曲，都有如释重负的感觉，欣喜之情溢于言表。娇娘见天寒，让申纯坐下来一起烤火。申纯痴痴地望着娇娘，见她欲语还羞，似一株含苞待放的梨花，他忍不住想去爱她，去疼惜她。娇娘又关切地问他是否有厚衣服，怕他伤了春寒，申纯再也不想隐瞒自己的感情，说：“妹妹既然关心我的身体，为何不关心我为你愁断的心肠？自从见了你之后，我的心就全都在你身上，日夜忧叹，终夕难寐，满腹情怀，无人倾诉。我见妹妹并不是无情的人，可为什么每次见了我，都有意拒我于千里之外？若是我才貌拙劣，不合妹妹的心意，我也不会勉强，只好早日回成都去了。”娇娘见申纯说得情真意切，也动了情肠，抛开女孩子的矜持，敞开心扉说：“哥哥的心事，我怎么会不知道？只是怕我们不够长久，所以才有意拒你。这一个多月以来，我也是寝食不安，衣带渐宽，都是为了哥哥，哥哥哪里知道啊？”申纯拉起娇娘的手说：“既然妹妹有情，为什么还不答应我？”娇娘正色道：“婚姻大事，不同儿戏。哥哥既然有意，理该回去禀告双亲，找个媒人来说合才是。”申纯又有些舍不得眼前之欢，说：“往返求婚，至少要一个多月，万一议亲不成，那该怎么办？”娇娘则郑重地说：“只要我们两人心意坚定，就一定会有结果。若真的婚事难成，我当以死相谢。”申纯见娇娘说得信誓旦旦，非常感动，也说：“有妹妹这句话，

我自当永不负心，纵有千难万险，我也要与妹妹相爱到老。”两人坐在炉前，终于都吐露了内心情感，并约定天荒地老，此情不渝。

两人互表了心迹之后，爱情之火迅速蔓延，只觉得整个世界只剩下对方。可正当两人情深意浓的时候，成都有番兵作乱，申纯家中来信，叫他回去防番。申纯只好辞别舅舅、舅母，回到成都。他到家后就和众人一起守城，两个月后，番兵才退去。这两个月来，申纯与娇娘未能通上音讯，他日夜思念，等城里安全后，申纯就生了一场大病，请医问药，却是久医不愈。父母急得没有办法，申纯知道自己得的是心病，又不好向父母开口，就说眉州有个良医，或许能治好他的病。申氏夫妇一听眉州那么远，大夫肯定不愿意来，只好派人把他送到舅家，让他在王家养病。

申纯是因为娇娘才生的病，现在来到舅家，见到娇娘，病自然也就好了。娇娘两个多月未见申纯，人都瘦了好几圈，听说申纯来了，她惊喜万分，趁没人注意的时候，消消溜到申纯房中，两个有情人见面，自是有说不尽的相思，申纯把娇娘紧紧抱在怀里，生怕再与她分开。娇娘陷入与爱人重逢的喜悦里，决定约申纯晚上相会。两个人亲亲热热，耳鬓厮磨，都被在外面路过的飞红看见，她想：小姐一向嘴硬，今天倒要看看他俩会做些什么。

到了晚上，申纯穿过花园，从窗户里翻进娇娘的闺房。此时，娇娘早已把丫鬟们都打发到母亲房中，专等申纯到来。申纯上前拥住娇娘，对娇娘的美，他是看不够，爱不够，两人又相拥着说了一些知心话。这一对初涉爱河的人儿，都沉浸在甜蜜的爱情中。而这一切都被飞红看在眼里，她早就料到申纯会来私会小姐，她看到两人相亲相拥，心里不知道是什么滋味，但又不敢声张，怕坏了两人的名声。

原来这飞红也早存了一段心思，申纯在王家呆的时间久了，与飞红等丫鬟难免有一些接触，飞红正值二八年华，与娇娘同龄，申纯的风流俊雅，她都看在眼里，一颗芳心也渐渐被申纯吸引，早暗生爱慕之情。飞红不同于一般的丫鬟，她聪明伶俐，娇俏可人，也是个十分标致的人物，又通一些文墨，所以心气颇高，虽然身为侍女，但不拿自己当下人轻贱，才子佳人的故事她也看过不少，自然也期待自己能有一位如意情郎。起初，飞红见申、娇二人彼此有意，便有心从中帮忙，可娇娘每次都假意呵斥她，从不向她坦言心事，这让飞红有几分不快。后来见申纯眼里只有娇娘，从来没把她放在心上，她又有几分嫉妒，自己不知不觉地喜欢上申纯，决意与小姐一争高下。这女孩儿的心思就是千变万化，一个俏丫鬟暗生妒意，便能制造出一些事端。

娇娘与申纯欢情正浓，恨不得时时刻刻都守在一起，可是碍于家里人多，他们只能躲避耳目，趁人都不在的时候，才能偶尔见个面。一天，申纯偷偷溜到娇娘闺房前，见四周无人，便走了进去，而娇娘却不在房中，他不免有些失望。叹息了一回，转身见一双绣鞋放在床上，申纯便伸手把绣鞋藏在自己怀里，带回房间，压在枕头底下。心想：不能天天看到娇娘，能见到这绣鞋也是好的。而飞红心里也放不下申纯，便过来瞧他，偏偏这时申纯出去了。飞红推门进去，不见申纯，环顾一周，却见枕下露出一只绣鞋，拿开枕头一看，竟是一双。她知道这是娇娘的绣鞋，心想：小姐一向不肯承认她和申纯有私，今日我拿了这凭证，前去戏弄她一番，看她还能说些什么。

飞红来到小姐房中，见娇娘正在找她的绣鞋，她便把鞋拿出来还给娇娘，说是从申纯房里拿回来的。娇娘不信申纯会偷自己的鞋，便怀疑是飞红做的手脚，飞红一听就恼了，说："他偷了你的鞋，我怕被别人发现不好，帮你拿回来，你倒反来赖我。"说完，转身就走了。娇娘见飞红忿忿地离去，心里更生疑惑：我不过说了她两句，她何必生那么大气？即使真的是申纯拿去的，又怎么会到了她手里？难道他二人背着我还有什么瓜葛不成？娇娘想到这里，心里十分不痛快，打算要找申纯问个明白。

第二天，飞红也在为昨天的事生气，便去找申纯说清楚。两人正好在花园里碰见，申纯因为与飞红十分相熟了，便和她开了几句玩笑，又见飞来一对蝴蝶，两人就双双动手捉起蝴蝶来。偏巧这时娇娘走过来，她远远就看到飞红和申纯有说有笑，又见他俩一起捉蝴蝶，不愉快的心里，更添了几分不自在。申纯见娇娘来了，怕她误会，就先悄悄溜了。而飞红还立在原地，娇娘走到跟前，训斥她应该去做女工，不该在这里玩耍。飞红见娇娘摆起小姐的架子训起她来，一气之下就到夫人面前，说出绣鞋的事情。两人虽是一主一仆，但平时关系十分融洽，此时却因申纯，都把对方当成敌人。

夫人赵氏听说了绣鞋的事，便把娇娘叫到跟前询问。娇娘胡乱编了个理由，搪塞过去，赵氏心疼女儿，也就不再深究。此事过后，申纯与娇娘几天没有见面。他不知道娇娘是怕被别人发现他俩的事，还是因为绣鞋的事怨恨他，他心里放不下娇娘，便想找娇娘问清楚。申纯刚走到半路，见一棵树下遗落一张花笺，捡起来一看，上面有首情诗，是表白自己爱意的，他觉得像是娇娘的诗，但字迹又不是很像。正好娇娘过来，申纯便把诗拿给她看，娇娘见了诗后，勃然变色，转身就走，申纯想拉住她，她使劲甩开申纯的手，径直回自己房间了。原来那诗是飞红写的，娇娘认得笔迹，她本来就因绣鞋和捉蝴蝶的事，怀疑他们有不清白的关系，自己背地里已经哭了好几回，叹自己命薄，碰到申纯这样朝三暮四的薄情郎。可又想到申纯对自己的一片深情，又怕真的误会了他，所以前去找申纯说明白。刚才她见了那情诗，认定是飞红写给申纯的，没想到自己的怀疑是事实，娇娘哭着回到闺房，趴在床上哭得肝肠寸断。

而申纯见娇娘生气地走了，自己在原地愣怔了半天，不知道是怎么回事，他怕娇娘因为什么事误会他，便也跟了过来。申纯见娇娘在床上哭得伤心，十分心疼，忙过去劝慰询问，娇娘止住哭泣，满脸怨愤地看着申纯，说：“哥哥背弃了我，还来做什么？”申纯不明就里，辩解说：“我对妹妹的心意，天地可鉴，何来背弃？”娇娘则质问他：“那你和飞红之间算是什么？”申纯这才明白原来娇娘误会他和飞红有瓜葛。其实申纯心里只有娇娘一人，虽然飞红也很娇俏，但他爱了一个便不再想其他人，申纯怕娇娘不信他，就对天发誓。娇娘看他一脸真切，也就破涕为笑，两人一同来到后花园的明灵王祠，一起跪下叩拜，发下山盟海誓：申纯与娇娘要永远相爱，生死相依，生不能同衾，死也要同穴，在地愿做连理枝，在天愿为比翼鸟，生生世世不相离弃。

两人盟誓完毕，误会解除，感情更加深了，彼此也更理解对方。申纯又在舅家逗留了大半年，转眼又到了春天。申纯与娇娘趁身边没人，一起约到花园赏花，娇娘立于花丛，顿使娇艳的花朵失去颜色，申纯呆呆地望着娇娘出神，娇娘见他一脸憨相，笑着拉他到花丛深处，两人坐下来，说起悄悄话。申纯觉得自己虽没有和娇娘正式结为夫妻，但各自心里已经把当对方当作自己的妻子和夫君了。于是他提议在没人的时候，就以夫妻相称，娇娘同意他这个想法，两人便一声“夫君”、一声“爱妻”地叫起来。可娇娘一声“夫君”出口，忽然流下泪来。申纯不知何故，娇娘则说：“我与你相爱，恨不得早日结为夫妻，共享夫妻恩爱，可如今却不知道何时才能梦想成真。”申纯一听，也难过起来，

他擦去娇娘的眼泪，安慰她说：“既然我们相爱，我们就是夫妻了，不管别人承不承认，我都把你当作我的妻子。”娇娘听了，唯有紧紧贴近申纯。

原来，前些日子，申家已派媒人到王家求过亲。申氏夫妇知道王家有个女儿，才貌出众，与儿子申纯正好匹配，又见申纯从舅家回来后，就生了一场大病，再回到舅家，病很快就好了，夫妻俩也猜出儿子的心事，想想儿子也该娶妻了，所以就请了媒人到眉州王家提亲。而王文瑞虽然一向与姐家关系亲密，但想到申纯只是个书生，没有半点功名，怕委屈了女儿，竟辞退了婚事。娇娘得知父亲辞婚，与申纯抱头痛哭，她埋怨父亲不理解女儿，但又不敢向父母言明自己已经和申纯相爱。而申纯听说父母派人来王家提亲，非常高兴，后来又知道舅舅辞婚，也是郁悒不快，没想到舅舅一向疼爱他这个外甥，却不愿意招他做女婿。眼看两人的婚事成为泡影，申纯觉得已经没有脸面再呆在舅家，打算回自己家中，

可又一想，若这样离去，便很有可能与娇娘永无见面之期了，他实在舍不得娇娘，只好厚着脸皮继续呆在王家。所以今天他们两人在花园里，谈到婚事十分悲凄。申纯安慰了娇娘，又拉娇娘一起到亭前赏花，两人双双携手，在花园漫步。娇娘忽然瞥见母亲带着丫鬟走过来，她慌忙让申纯快走，自己迎上前去。

夫人赵氏早就看到女儿与申纯在花前亲密的样子，只是当着众丫鬟的面，她不好说什么，只能假装没瞧见，仅责备娇娘不该一个人到花园游玩，然后就让她回房去了。赵氏已猜到女儿与申纯关系暧昧，又想到前些日子老爷辞婚，觉得再留申纯住下去，早晚会生出事来，她便寻思着找个理由，打发申纯回去。正好这时申家派人送信来，要申纯回家，申氏夫妇一来是怕申纯荒废了学业，二来是因为求亲未成，觉得儿子再呆在王家有些不妥。申纯接到书信，知道无法再在舅家逗留，只好收拾东西回成都了。

临走的时候，申纯到娇娘房中道别，娇娘哭着说："你此番回去，马上就到科考之期，愿你早得功名，再来求婚，也许到那时父母就会回心转意了。"而申纯自从有了娇娘，早把功名看淡了，说："我不怕没有功名，只怕与你的姻缘难成，今日我去后，妹妹不要挂怀，要保重身体，你的深情厚意，我永远不会忘记。"两人又相拥哭了一场，申纯才依依不舍地离开舅家，踏上归家的路程。

申纯回到家中，终日闷闷不乐，他心中牵挂娇娘，一打开书本，娇娘的身影就映到书上来，但他又想到临别时，娇娘嘱咐他要考取功名、再来求婚的话，申纯不愿辜负娇娘的期望，也不想放弃这个机会，只好硬着头皮温习诗书。时间长了，他就把诗书当成娇娘，一一记在心里。等到秋试的时候，申纯又和哥哥一起前去应考，真是皇天不负有心人，这次兄弟俩双双高中，申氏夫妇乐得眉开眼笑，亲戚邻居也纷纷前来道贺。此时，王文瑞已经从眉州调任成都，家也搬了过来，听说申家兄弟高中，王文瑞便派人到姐家道贺。申氏夫妇觉得这两年儿子多次打扰舅家，就让申纯前去拜谢。

申纯再次来到舅家，这时距上次离开，已经将近一年了。一年来，他与娇娘都不知道流了多少相思泪，两人在众人面前见面，只能装作生疏，而心里却是悲喜交加，恨不得冲过去，拥抱住对方。申纯又在王家住下来，仍是与娇娘暗中来往，虽然他们不满足这样偷偷摸摸，但比起终日不能见面，已经强多了。后来，娇娘的母亲赵氏不幸去世，王文瑞很悲伤，想到儿子年幼，女儿也未曾许亲，他骤然感到有许多压力。而申纯在这期间帮了不少忙。他做事果断，很有才干，让王文瑞更加欣赏这个外甥。王文瑞想到申纯少年登科，将来定有大好前程，上次辞婚，只因他没有功名，现在觉得女儿嫁给他也不会受苦，便主动派媒人到申家提亲。申氏夫妇知道儿子喜欢娇娘，见王家允婚，自然十分高兴。

而申纯与娇娘知道这个喜讯后，更是欣喜若狂，经过这么多波折磨难，他们终于挣脱束缚，守得云开见月明了。两人高兴得手舞足蹈，又哭又笑，只觉得幸福就在前面招手。可是他们万万没有想到，一场更大的灾难将冲破他俩的美梦。

当时，成都的节度使姓帅，握有兵权，气焰遮天，当地的大小官员无不对他唯命是从。帅家有个儿子，是个花花公子，平日里游手好闲，仗着父亲的权势，尽干些寻奇猎艳的事，他手下养了一帮奴仆，专门给他搜罗漂亮的姑娘。一天，这位帅公子突然想娶老婆了，两个家丁就给他偷描了九个少女的画像，个个都是貌美如花，让他从中选一个做夫人。这其中就有娇娘的画像，帅公子一眼就看中了娇娘，娇娘的美貌让他如醉如痴。他整天对着画像呆看，恨不得立刻把娇娘弄到手，只可惜那时娇娘还随父亲住在眉州，他只能望画兴叹。现在王文瑞一家回到成都，这位帅公子就装起病来，死活让父亲派人到王家求亲。帅节度使就这么一个儿子，什么事都依着他，得知宝贝儿子为一个姑娘生病，他便马上派人到王家说媒。

帅府的媒人来到王家，向王文瑞说明来意。王文瑞想到女儿已经许给申纯，便左右推托，不肯答应。但帅府的人个个不是好惹的，虽说是个下人，也没把王文瑞放在眼里。媒人见王文瑞不肯允婚，少不了一番威胁恐吓，说若帅公子娶不了王娇娘，王家也别想好过。王文

瑞权衡再三，既惧怕帅家的权势，又有点羡慕帅家的权势，觉得女儿嫁到他家也不会有什么委屈，所以思量半天，他最后决定辞掉申家，答应了帅府的求婚。

娇娘与申纯听到这个消息，犹如晴天霹雳，炸飞了他们的好梦，这对受尽磨难和挫折的恋人，原以为可以长相厮守了，没想到平地起波澜，他们的婚事再次成为泡影。娇娘哭倒在申纯怀里，说："昨天还是你的妻，今天却做不得你的妻了。爹爹好糊涂，迫于权势，竟又把我许配给别人了。"申纯此时除了悲伤，也没有其他的办法，说："悲欢离合，皆由天定，你将来服侍他人，莫忘了我们之间的恩情。"娇娘本来就很伤心，听他这样胡言乱语，不由得生气，说："哥哥，你是堂堂六尺男儿，不能保护自己的爱人，却让妻子嫁给别人，你怎么能够忍心呢？我既然已经许身给你，就永远属于你了，怎么可以再受他人污辱？"申纯知道自己说错话了，连忙道歉。他是个文弱书生，王文瑞惧怕帅家权势，他也斗不过帅府公子，此时，他只有紧紧抱住娇娘，放声痛哭而已。

这时，申家派人来催申纯回家，说申父卧病在床，等着他回去探望。申纯惦念着父亲的病，又放不下娇娘，真是左右为难，最后一跺脚，决定先回家看看，申纯再次挥泪离开舅家，与娇娘分别。

而娇娘自申纯走后，便卧床不起，茶饭难进，红妆不理，没过几天，就形容憔悴，芳容顿改。她终日躺在床上，神情恍惚，时常在梦里呼唤申纯的名字。飞红在旁边看得于心不忍，便在她清醒的时候，用言语宽慰她。以前，飞红嫉妒娇娘，也在娇娘和申纯之间搞了些破坏，但后来她看到娇娘和申纯是真心相爱，也深深被他们感动。老爷应允了申家的求婚，她为他们高兴，后来老爷又中途变卦悔婚，她也为他们难过。此时见娇娘气息恹恹，命若游丝，飞红不禁垂下泪来。王文瑞为女儿四处求医问药，也起不到丝毫效果，而只有飞红知道娇娘得的是心病。飞红心想：若不让小姐再见申纯一面，可能她就要含恨而死了。于是飞红悄悄让人给申纯送信，让申纯到江中船上等候娇娘。

飞红不敢让申纯来家中，只好背着老爷，趁黄昏的时候，扶娇娘到江中备好的小船上，让她与申纯见上一面。申纯见娇娘已经骨瘦如柴，再也不是当初的娇俏模样，心疼地说不出话来。此时此刻，两人唯有紧紧抱在一起，让彼此的心再感受对方最后一点体温。最后，娇娘挣脱开申纯的怀抱，气喘吁吁地说：“自古红颜多薄命，我生不能做你妻，死也要做你的鬼。我与你几次话别，而今日一别，算是我们的永别了。”申纯望着娇娘的几行清泪，心如刀绞，说：“妹妹若死了，我也不会独自活着。今生不能做夫妻，来世我还要和你相会。”娇娘望着申纯，觉得申纯的面貌越来越模糊，飞红见她支撑不住，只好扶着她回去了。申纯呆呆地看着娇娘的身影远去，心像被掏空了一样，他一个人立在江边，望着滚滚的江水，想起他与娇娘初次相遇的情景，那电闪火石般的感觉好似还在心头，然而辗转几年，历尽艰辛，他们的爱情还是一场空。申纯不知道是他和娇娘负了老天，还是老天负了他们。

娇娘回到家中，滴水不进，只求速死，任凭飞红怎么哭着求她，她也不肯再吃一口饭、再喝一口水，没过几天，娇娘的最后一缕香魂就归往地府了。她临死前，把以前写过的两首旧诗让飞红转交给申纯，然后就静静地去了。这个柔弱又刚烈的女子，终于为情付出了生命。

娇娘一死，王文瑞痛哭失声，他中年丧妻丧女，这连番的打击让他一下子苍老了许多。他知道是自己害死了女儿，后悔当初不该把娇娘改许帅家。而申纯自和娇娘江中一别，终日神情恍惚，犹如痴呆一般，任凭父母兄长如何规劝，他也回不过神来。后来听到娇娘死讯，他只觉得万箭钻心，之后便不再悲伤，言行举止恢复往常，尽心尽力侍奉父母。家人以为他看开了，都渐渐放下心来，却不知他已经不想再活在世上。娇娘一死，他的心也死了，想着父母还有哥哥孝敬，他可以放心地去了。服侍父母几天后，申纯趁家人不注意，便用娇娘赠给他的一条香罗帕，悬梁而死。

申氏夫妇痛失爱子，悲伤得不能自已。王氏责备兄弟害死了自己的女儿，又害死了他们的儿子。王文瑞在

家也深深为娇娘的死伤痛，他觉得对不起女儿，也对不起外甥，既然没能让他们生前如愿，就让他们死后结缘吧。于是王文瑞让人把女儿的灵柩送到申家，与申纯合葬。娇娘与申纯终于实现了“生不同衾，死当同穴”的愿望。自此，成都的锦江岸边，有一座合冢，坟后长出两棵树，树干相依，枝叶相连，竟成连理之枝。而坟墓周围时常有一对鸳鸯并头嬉戏，它们上下飞翔，前后相随，逐之不去，捕之不得。人们见此情景，都说那是娇娘和申纯的精魂化成的，从此，这座墓就叫作鸳鸯冢。

【赏析】

孟称舜，字子塞，一字子若，号卧云子，花屿仙史，会稽（今浙江绍兴）人，生卒年月不详。《明代杂剧全目》记载孟称舜曾为崇祯年间诸生，又有《复社姓氏传略》记载他曾于顺治六年为贡生，具体生平不详。孟称舜承临川一派，主要创作活动时间在明崇祯年间，一生剧作有三种传奇，即《娇红记》（《节义鸳鸯冢娇红记》）、《张玉娘闺房三清鹦鹉墓贞文记》、《二胥记》。杂剧六种，《桃花人面》《郑节度使残唐再创》《花前一笑》《死里逃生》《陈教授泣赋眼儿媚》《红颜少年》。此外，孟称舜还编有《古今杂剧合选》，录元明杂剧五十多种。

《娇红记》原为《娇红传》，是元代宋远所撰，元传奇小说的代表作，起初名为《申琦遘拥炉娇红记》，在元时极为盛传。后王实甫、邾经、汤式、金文质等人都有铺演其事的杂剧（均失考）。明人刘兑著有《金童玉女娇红记》杂剧，沈受先有《娇红记》戏文（也都已失传）。而到孟称舜则改编为《节义鸳鸯冢娇红记》杂剧，情节与原小说没有太大出入。

《娇红记》是写一对表兄妹之间的爱情传奇。表兄申纯因落第蒙羞到舅家散心，遇到表妹王娇娘，彼此被对方的风采、美貌吸引，经过几番碰撞、试探后，两人终于互通心曲，倾心相爱。但碍于宗教礼法，他们不敢公开表露自己的感情，只能背着父母和丫鬟，暗中来往，但他们的一举一动，都被丫鬟飞红看在眼里。飞红也是二八年华的佳人，渐渐对申纯产生爱慕之情，对小姐娇娘暗中嫉妒，便几次在申、娇二人之间制造误会，并差点在娇娘父母面前泄露他们的秘密。后来申、娇二人解除彼此的误会，更加相爱。飞红也被他们的真情感动，便帮助申、娇二人成就婚事。无奈申家派人来求亲时，舅父王文瑞却因外甥是个布衣书生而辞婚，两人非常悲伤，娇娘让申纯回去考取功名，再来求亲。申纯返家，再赴考场果然中举。后娇娘母亲病死，王文瑞中年丧妻，倍觉凄凉，见申纯少年登科，大有前程，又同意申、娇二人的婚事。正当两人欢欣鼓舞的时候，帅节度使家公子插来一脚，非要娶王娇娘为妻不可。王文瑞惧怕、贪恋节度使家权势，又把娇娘许给帅公子。申、娇二人的姻缘再次成为泡影，二人中间几经离别，多遭波折坎坷，最终有情人不能结成眷属，后双双殉情而死。女儿死后，王文瑞深为后悔，与申家商量，将二人合葬在一起，后人称其墓为鸳鸯冢。

《娇红记》是一曲哀婉凄绝、荡气回肠的爱情挽歌。故事一开始，女主人公王娇娘，就抱定一种若两情相悦不能同生，定求共死的志愿，中间也几次提到“生不同衾，死当同穴”的话，为二人最终双双殉情埋下了伏笔。娇娘是个娇柔刚烈的女子，对爱情有自己的主张，不爱钱财，不爱只有才华而负心薄情的风流书生，只要一个与自己真心相爱的人。为了真情她可以义无反顾、奋不顾身，区区性命不能与一腔情爱相提并论。娇娘好像生来就是为爱情而生的，她多愁善感，忧郁多思，既怕所爱非人，又伤心于父母拒婚。这份纠缠于二人之间的感情，让她时忧时喜，身心无时不被情丝牵动，可以说为了爱情，她连命都不要了。

而与之相对的，申纯也是个情种，与爱情相比，功名算不上什么，即使后来考取了功名他也毅然步娇娘后尘，情愿赴死。申纯比以往故事中那些为了

功名或地位、名声，始乱终弃的薄情书生形象要光辉得多，真诚得多。他与娇娘之间的感情，是对等的，是相称的，所以给人虽死犹生的感觉，正好圆了二人“生不同衾，死当同穴”的誓言。故事一改中状元，皆大欢喜的俗套，而是一波三折，有了功名，仍最终毁灭的结局，两人舟上泣别已是最后的悲剧，硬生生将美撕裂，观者怎能不望之泣下？

《娇红记》另一新奇之处便是将丫鬟飞红提到与小姐同等的地位。以往故事中小姐身边的侍女皆是小姐与情人之间的红娘。但飞红偏偏不，虽然起初她也有这种想法，但她渐渐不甘于只做配角。她尊重自己内心的真实感受，情不自禁地主动去追求自己的情爱。情场之上，已没有主仆之分，不是小姐才有资本与公子相爱，丫鬟也可以，她也是活生生的人，也有自己的青春、思想和感情。作者有意将飞红与娇娘并列为娇、红，说明爱情是人类的大爱，它存在于每个人的心中。追求爱情是人的权利，是人的本性，而且爱情没有贵贱之分，任何宗教礼法、金钱权力，只能毁灭它，却不能阻止它。

虽然《娇红记》的悲剧是外力造成的，但主角本身不是没有一点责任的。申纯爱娇娘，愿与她终身相伴，但他不能主动去追求，不能与外来阻力相抗衡，只能等待命运的宣判。自始至终，他只是个情种，却不是个卫护爱情的勇者，与其说是舅父王文瑞、帅家公子毁灭了他和娇娘的爱情，倒不如说一大半是他自己拱手相让的。爱，不但要付出感情，还要有勇气、有责任去保护它，而申纯除了痴情之外，无疑也具有中国文人书生软弱的通病。他面对舅舅的辞婚、帅公子的夺爱，束手无策，唯有抱头痛哭。这样的懦弱，怎能不让娇娘一心求死？除了死，再没有别的选择。娇娘虽称赞文君私奔相如，但她所爱的申纯没有相如那样的寒士才情和浪子气魄，他们又怎么敢有私奔之想？他们徒有追求全新爱情的意识，却没有卫护爱情的力量，在众多的罗网之下，怎么能不葬身于萧萧荒丘？封建势力扼杀了他们的爱情，而他们自身服从于扼杀，才是真正的悲剧。

而最后的合冢，不过是生者的自我安慰，于死者又有何益？所谓的双栖鸳鸯，也不过是作者有意给予的心理补偿，活着的人并没有死去，又怎么知道哪里会有天堂？

《娇红记》胜在情节跌宕，波折横生。感情在挫折中愈演愈烈，爱深情切，两人终于双双以死相见，所有的阻隔、束缚也便纷纷自行解散了。大幕落下，死者已矣，生者余悲。

75－8 【千秋绝艳图】卷 局部 ［明］佚名 中国历史博物馆藏

75－8　【千秋绝艳图】卷 局部 ［明］ 佚名　中国历史博物院藏